Sandra Pina

Corações, caras e beijos

ilustrações: Joãocare

1ª edição

2013

CORTEZ EDITORA

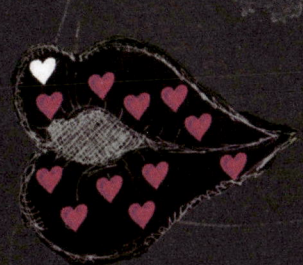

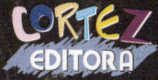

© 2013 Sandra Pina
ilustrações Joãocare

© Direitos de publicação
CORTEZ EDITORA
Rua Monte Alegre, 1074 – Perdizes
05014-001 – São Paulo – SP
Tel.: (11) 3864-0111 Fax: (11) 3864-4290
cortez@cortezeditora.com.br
www.cortezeditora.com.br

Direção
José Xavier Cortez

Editor
Amir Piedade

Preparação
Alessandra Biral

Revisão
Alessandra Biral
Gabriel Maretti
Rodrigo da Silva Lima

Edição de Arte
Mauricio Rindeika Seolin

Projeto Gráfico
Joãocare

Impressão
EGB – Editora Gráfica Bernardi

Dados Internacionais de Catalogação na Publicação (CIP)
(Câmara Brasileira do Livro, SP, Brasil)

Pina, Sandra
 Corações, caras e beijos / Sandra Pina; ilustrações Joãocare. –
1. ed. – São Paulo: Cortez, 2013.
 ISBN 978-85-249-1969-5
 1. Literatura infantojuvenil I. Joãocare. II. Título.
12-09770   CDD-028.5

Índices para catálogo sistemático:
1. Literatura infantil   028.5
2. Literatura infantojuvenil   028.5

Impresso no Brasil — junho de 2013

Especialmente para você, que acabou de abrir este livro para ler.
É por você que ele existe, para ser um entre muitos
que farão parte da história de sua vida.

Diz o ditado...

... que: "Quem vê cara, não vê coração". Eu acho que ele deveria ir mais longe: "Também não vê desejos, ansiedades, medos, incertezas e muito mais.
E quem vê tantas caras não imagina que elas escondem muitos segredos..."

Achou que estou filosofando demais? É. Confesso que eu precisava arranjar um jeito de começar esta história. Digo isso porque, se você soubesse do que acontecia nos treinos daquelas equipes de vôlei lá do clube, entenderia perfeitamente o significado do que escrevi no parágrafo anterior.

Isso posto, vamos ao que interessa: os fatos. Vou começar por um treino em especial, quando Geísa, a treinadora da equipe feminina, chamou a atenção de uma das suas melhores jogadoras:

– Alô, Terra! Natália, posso saber em que mundo da galáxia você deixou sua concentração hoje? Estamos treinando há duas horas e até agora você só acertou dois saques!

Apesar de ser supercompanheira e querida pelas meninas, Geísa não dava moleza. Era rigorosa nos treinos, exigia disciplina, concentração e, principalmente, compromisso. Explicando melhor: as equipes femininas de vôlei do clube foram ganhando fama e títulos ao longo do tempo com a treinadora anterior. Geísa havia sido uma das estrelas do time em outros tempos, passou por todas as categorias de base até jogar profissionalmente durante muitos anos. Fez do esporte a sua vida. Depois que parou de jogar, decidiu se tornar técnica. Estudou, preparou-se e trabalhou em diversos clubes, até conseguir voltar ao clube do coração, decidida a manter a boa reputação da equipe.
Mas... voltando ao treino.
Natália sabia que Geísa tinha razão, mas não era fácil esquecer...

... o último bilhete.

Último?! Talvez você esteja se perguntando: "Se eu disse o último, é porque houve outros bilhetes. Então talvez esteja achando que eu comecei a história pelo meio, não é mesmo?" Pode se tranquilizar, que não é nada disso. Então, continuando.

Havia algumas semanas, Natália vinha encontrando bilhetes em seu armário no clube. Eles lhe faziam elogios, dizendo que era bonita, que jogava bem, e coisas assim. Até então, apesar de achar divertido, ela podia jurar que era apenas brincadeira das amigas que sabiam de seu ligeiro interesse pelo Rico, o principal atacante da equipe masculina. Por isso mesmo, não havia comentado com nenhuma das duas. Fingiu que nada estava acontecendo para não dar o gostinho delas rirem a sua custa.

Mas dessa vez a coisa tinha seguido por outro caminho. Além disso, tinha certeza de que Raíssa não iria tão longe. E Sofia não parecia apresentar esse tipo de humor, muito menos tinha tanta intimidade para saber tanto sobre a sua vida. Mesmo assim, só para ter certeza, decidiu comparar a letra dos bilhetes com as das duas. Nem de perto eram semelhantes.

Resolveu então contar tudo rapidamente às amigas, antes do treino, ainda no vestiário.

– *Uau!* – Raíssa se mostrou animada. – *Será que é ele?* – ela deu uma piscadinha.

– *Deixa de brincadeira, Rá! O Rico jamais olharia pra mim, muito menos, me mandaria bilhetinhos. Tá louca?!*

– *E por que não?* – perguntou Sofia. – *Você é bonita, divertida, simpática.*

– Ah, Sofia! Você não conhece o Rico! Aposto que se interessaria pela Rá, mas não por mim. Sou "normal" demais pros padrões dele.

Aquele bilhete dizia simplesmente: "Nos falamos depois do treino". E Natália começou a achar que os bilhetes eram, realmente, de um menino. Até gostaria de poder dizer para Geísa que sua concentração estava no "planeta bilhete", mas isso estava fora de questão.

– Então, Natália! Vai decidir entrar no jogo, ou terei que colocar você no banco?

– Desculpa, Gê! Eu juro que vou prestar mais atenção. – e ficou falando para si mesma: "Nat, se concentra. Você não quer ficar no banco. Você não quer perder a vaga na equipe. Deixa de ser burra, Nat. Se liga!"

Era um treino especial. O penúltimo antes do jogo da semifinal do campeonato estadual. As meninas tinham de dar tudo delas. Todas queriam estar preparadas e ganhar o jogo que estava por vir.

Queriam ir à final. Queriam ser campeãs estaduais. Queriam disputar o nacional.

Geísa começou a bater palmas, sinalizando que era hora da equipe parar e se reunir a seu redor.

– Nosso coletivo hoje será um pouquinho diferente. O jogo de sábado é ultraimportante e muito especial. Então o treino de hoje também precisa ser.

– Que tipo de treino tão especial é esse, Gê? – Raíssa perguntou.

– *Conversando com o Luiz Alberto, surgiu a ideia de colocarmos vocês e os meninos em quadra e...*
– *Você tá querendo dizer que a gente vai jogar contra a equipe masculina, Gê?* – Sofia ficou assustada.
– *Eles batem forte demais!* – reclamou Alice.
– *A gente pode se machucar com uma bolada!* – Maura disse.
– *Caramba! Como vocês são exageradas!* – riu Raíssa. – *Isso pode ser muito divertido!*
– *Calma, gente! Ninguém vai sair machucado daqui. Luiz Alberto me jurou que os meninos têm consciência de que estarão jogando contra vocês. O que eu quero é que se esforcem para ganhar deles. Sem medo. A ideia é que joguem contra um grupo que tem mais força física, porque vamos enfrentar uma equipe em que as jogadoras são mais altas e mais fortes. Por isso, quero que, nesse treino com a equipe masculina, vocês não se sintam intimidadas pela força que eles colocam na bola. Olhem para eles e se imaginem no jogo de sábado. Lembrem-se de que vamos jogar contra uma equipe que não vai medir força, e muito menos bolada* – ela olhou para Maura – *para ganhar esse jogo. Elas nunca foram a uma final! Muitas das jogadoras estão se despedindo da categoria e algumas querem passar para o juvenil como campeãs para seguirem carreira no vôlei.*

Enquanto Geísa explicava e fazia todo aquele discurso técnico para motivar o time, Natália só conseguia imaginar que o autor dos bilhetes poderia estar do outro lado da rede. Olhando para ela. Imaginando que ela estaria tentando descobrir sua identidade. Era quase como estar nua no meio da quadra. Sentia vergonha só de visualizar a cena.

De repente, Natália sentiu-se traída. Afinal, fosse quem fosse, o autor dos bilhetes sabia o que os treinadores haviam combinado, enquanto ela havia sido pega de surpresa.

— *Relaxa, Nat!* – era a voz de Sofia, falando baixinho a seu ouvido. – *Finge que não está nem aí.*

— *Fácil falar, né? E se fosse com você? E...*

Mas Natália foi interrompida pela chegada dos meninos:

— *Viu?*

— *O quê?*

— *O Rico! Ele entrou no ginásio olhando pra mim.*

— *Nat, acorda! Você tá olhando só pro Rico. Não reparou que todos estão olhando pra todas nós!* – Sofia começava a ficar impaciente. – *Olha lá, a Geísa tá chamando.*

O grupo se reuniu novamente ao redor da técnica para ouvir mais algumas instruções. As titulares se posicionaram em quadra. As reservas foram para o banco. O jogo começou.

Partida dura. Os dois lados jogando como se fosse contra um clube adversário. Jogo sério. Sem tempo para brincadeiras. Elas porque queriam estar prontas para o que iriam enfrentar no sábado. Eles porque detestariam levar para casa a imagem de serem derrotados pelas meninas. Afinal, os meninos eram fisicamente mais altos e mais fortes. Não foi à toa que, sem que ninguém soubesse, Geísa e Luiz Alberto combinaram antecipadamente que, em hipótese alguma, fariam um quinto *set*, no caso de empate nos quatro primeiros.

"Ahhhhh!", reclamaram todos em vão. E alguém gritou no meio da quadra:

"*Vambora* pra piscina relaxar?!"

– *Menina! Gostei de ver!* – Raíssa deu uma batidinha no ombro de Natália. – *Tomara que você saque daquele jeito no sábado! Mandou todas as bolas diretinho no Raí.*
– *É, né...* – Natália riu. – *Se tem um ponto fraco no time deles, é a recepção do Raí.*
– *Mas é a única coisa que ele não faz bem em quadra* – Raíssa riu. – *Ele bate bem, saca bem, defende bem, é uma gracinha...*
– *Mas o Rico é muito mais...*
Praticamente todos os jogadores, das duas equipes, já estavam dentro da água quando elas chegaram.
Não era novidade. As equipes treinavam três vezes por semana. Cada uma delas em um horário. E era muito comum, após os treinos, o pessoal dar uma relaxada na piscina, em especial nos dias mais quentes.
Era um momento em que ninguém queria saber de bola. Estavam ali para se refrescar, nadar e se divertir.
Sofia, tímida e mais quieta, sentou-se à beira da piscina, com os pés dentro da água observando os amigos e pensando em como sua vida havia mudado nos últimos meses.
Raíssa, festeira que só, organizava a bagunça, falava com todo mundo, fazia piadas, ria de tudo. Em resumo, como quase sempre, ela era o centro das atenções. Gostava disso. Gostava do título de mais popular do grupo.

E Natália? Bem, a Natália, como era de se esperar, estava tensa. Olhava todos, quieta. Buscava ainda sinais de seu admirador secreto. Para falar a verdade, ela procurava em Rico tal característica. Um olhar, uma palavra, um comentário qualquer que pudesse dar uma pista do autor dos bilhetes.

– *Tá caladinha, Nat!* – Pedrito comentou.

– *Tô cansada* – respondeu, torcendo para que "ele" não fosse o Pedrito.

– *Acho que a gente deu uma canseira nelas!* – brincou Kléber.

– *Deixa ela quieta!* – Raíssa veio em seu socorro. – *São muitas emoções...* – completou rindo.

– *Imagino!* – ironizou Kléber. – *O jogo, provas na escola, mais alguma coisa que a gente não saiba?*

– *Não!* – Natália disse quase que num susto. – *É só isso mesmo* – e saiu nadando em direção ao outro lado da piscina.

– *O que deu nela?* – quis saber Rico.

– *Sei lá...* – Raíssa deu de ombros, disfarçando. Sabia muito bem o que estava tirando a concentração da amiga.

A noite foi caindo. Aos poucos, a piscina foi se esvaziando. Era meio de semana e todos tinham aula cedo no dia seguinte. Alguns ainda com os deveres de casa por fazer, outros com alguma matéria a estudar, todos preocupados em manter as notas altas.

E nota alta, por sinal, era uma das principais condições para o aluno continuar na equipe. Tanto Geísa quanto Luiz Alberto faziam questão de acompanhar de perto o rendimento e a assiduidade escolar de cada um dos jogadores. Não admitiam, de maneira alguma, que o esporte atrapalhasse o desempenho no colégio. Muito pelo contrário; ambos defendiam com unhas e dentes, palavras e atitudes, a ideia de que a disciplina, a dedicação e o compromisso com o esporte deveriam estar refletidos no boletim bimestral.

De repente, como se tivesse acordado, mesmo fazendo festa, Raíssa olhou o grande relógio perto da porta de entrada dos vestiários. Arregalou os olhos. Lembrou-se de que não estava sozinha. Disfarçou.

– *Tenho que ir.*

– *Calma* – Marco a segurou. – *Fica mais dez minutinhos.*

Ela piscou, deu um "sorriso número dezoito para ninguém notar". E saiu sem falar mais nada.

– *O que deu nela, Nat?*

– *Sei lá!* – Natália deu de ombros, meio que sem prestar muita atenção no que tinha acontecido. – *Até parece que não conhece a Rá. Não sei por que tanto espanto.*

Raíssa agradeceu aos céus o fato do vestiário estar vazio. Tomou uma chuveirada ultrarrápida. Vestiu-se mais ligeiro ainda. E seguiu a pé...

... em direção a sua casa.

Morava bem perto. A pouco menos de quatro quadras do clube. Andava em passo acelerado, para não ter de ouvir bronca da mãe por causa do atraso. Ainda não havia chegado à primeira esquina quando Marco a assustou:

– *Que pressa, hein? Achei que não ia conseguir alcançar você.*
– *Ai, Marco! Que susto!*
– *Mas eu já disse mil vezes que a gente devia ir junto. Moro tão pertinho de você...*
– *É que eu tava atrasada. Ainda não fiz os deveres de casa e você sabe como é mãe, né?*
– *Sei. Mas a gente já tá chegando. Vai dar tempo. Relaxa.*

À medida que a portaria do prédio ia se aproximando, Raíssa ia ficando meio nervosa. Parou na esquina anterior.

– *Bem, eu vou pra lá –* apontou seu edifício. *– E você mora pro outro lado, né?*
– *É. Mas vou com você até a sua portaria.*
– *Não precisa! –* ela falou assustada.
– *Sei que não precisa. Eu quero.*
– *Já disse que não precisa, Marco. Até amanhã.*

E saiu quase que correndo. Sem olhar para trás.

O menino ficou intrigado, parado na esquina, vendo a amiga se afastar. "O que será que deu nela?" Deu de ombros e seguiu seu caminho.

Mal abriu a porta, Raíssa ouviu a mãe perguntar lá da cozinha:

– *Quem era aquele menino, mocinha?*
– *Que menino, mãe?* – ela tentou disfarçar.
– *Aquele que estava com você! Pensa que sou cega? Eu estava à janela esperando a senhorita, que está atrasada por sinal, e vi muito bem vocês dois andando calmamente, na maior conversa.*
– *Ah, mãe! Era o Marco, que mora aqui pertinho. Você o conhece desde que a gente entrou pro clube. Ele tá no time masculino e tava indo pra casa. Você quer o quê? Que eu proíba o menino que eu conheço desde pequena de andar ao meu lado no caminho de casa? A rua é pública, mãe, sabia?*
– *E você quer que eu acredite nessa história? Já disse mil vezes, minha filha! Você é muito nova para namorar. É ingênua demais para lidar com esses homens.*
– *Mãe! Não delira!*

E foi direto para o quarto. Tudo o que ela queria evitar era exatamente isto: a mãe com essa conversa de que homem não presta, que ela é muito ingênua, que é nova demais para namorar...

Pegou o livro de História. Precisava estudar para a prova. Quer dizer, precisava, mas a discussão com a mãe não estava deixando que se concentrasse.

Olhando o livro, ficou pensando, mais uma vez, na própria história. Pensou no pai que não chegou a conhecer direito. Tinha apenas algumas poucas, e vagas, lembranças dele. Do pouco tempo em que conviveram, antes dele sair de casa sem deixar rastros. A mãe não falava sobre o assunto, mas, em algumas noites, Raíssa ainda a ouvia chorando.

Raíssa bem que tentava entender toda a paranoia da mãe com relação aos meninos, mas, caramba!, será que ela não entendia que só porque o marido a abandonou não significava que todos os homens do mundo eram crápulas?

"Que culpa eu tenho se ela não arranjou um namorado? Se não se casou de novo que nem a mãe do Marco? Se resolveu ser infeliz pro resto da vida? Pelo menos tenho o vôlei, meus amigos do clube, o pessoal do colégio. Nesses lugares, posso ser eu mesma. Posso ser alegre. Posso, simplesmente, fingir que meu pai morreu. Pelo menos pra mim, é como se ele tivesse morrido. Talvez fosse até melhor. Não teria uma mãe chata e amarga. Não sentiria essa vontade quase incontrolável de não voltar pra casa. Não teria que ser duas: uma lá fora e outra aqui dentro."

Pensando, adormeceu. Sentada no chão do quarto, recostada na almofada, com o livro aberto no colo.

Parada na porta do clube...

... contando as moedas para o ônibus, Sofia ouviu alguém chamar seu nome.

– *Pai! O que você tá fazendo aqui?*
– Surpresa! – ele respondeu com um grande sorriso. – *Não gostou?*
– *Adorei! Mas, tá tudo bem?*
– *Claro!*
– *Tem certeza?* – ela perguntou ainda meio desconfiada.
– *Melhor impossível! Tenho uma novidade para vocês, mas só vou contar quando a gente chegar em casa.*

Sofia estava gostando de encontrar o pai tão animado. Há tempos não o via feliz, sorrindo. Ficou torcendo para chegarem logo.
Mal abriu a porta, ele puxou a mulher e a filha para a sala de estar e pediu que sentassem confortavelmente no sofá.
– *Consegui!* – disse com os olhos brilhando.
– *Jura?!* – a mãe se levantou para dar um enorme abraço no marido.
– *Juro. Aquele emprego é meu! Começo segunda-feira.*
Uma sensação estranha percorreu todo o corpo de Sofia. Olhou para o pai e viu que ele estava esperando a comemoração dela. Em fração de segundos, ela se recompôs. Comemorou com os pais, louca para poder ficar sozinha. Mas antes teria o jantar, a sobremesa, o cafezinho dos dois...
Quando finalmente conseguiu ir para o quarto com a boa desculpa dos deveres, Sofia começou a pensar naquela sensação estranha de antes e percebeu que era um misto de alegria e tristeza. Um sentimento dividido, como o que vinha sentindo havia um tempinho. Diferentemente de alguns meses antes, quando o pai anunciou sua transferência e tiveram de se mudar para aquela cidade. Na época, a garota sofreu muito. Era muito tímida. Ainda é. E a adaptação foi complicada. Detestava a escola. Detestava a casa nova, mesmo sendo maior e mais bonita que a anterior. Detestava tudo o que a tinha

afastado de seu grupo. Quando a empresa onde seu pai trabalhava faliu, acendeu no coração de Sofia uma centelha de esperança de retomar sua vida. Mas ele estava decidido a ficar ali. Dizia que as oportunidades eram melhores para todos eles.

Foi mais ou menos nessa época que ela reconheceu Natália. Digo reconheceu, porque elas tinham se encontrado no ano anterior, num jogo. Sofia era levantadora titular no time em que jogava na outra cidade. Já havia jogado contra a equipe de Natália. Tomou coragem, colocou a timidez no bolso da calça e foi falar com ela. Dizer que estava sentindo falta do vôlei e pedir para conhecer a treinadora. Resultado: entrou para a equipe, começou a se enturmar e, para sua surpresa, ficou amiga da garota mais popular do clube. Inacreditavelmente. Agora, em sua escrivaninha, com o caderno aberto e a caneta na mão tentando fazer o dever de casa, sentia-se dividida. Aliviada, sim. Afinal, não era nenhuma criancinha e sabia muito bem o quanto era importante para o pai – e para a família – esse emprego. Mas com uma pontinha de tristeza ao ver escorrer pelo ralo a última esperança de voltar "para casa".

Além disso, de repente, bateram saudades do Beto. "Ah, Beto... Caramba! Fazia tempo que eu não pensava no Beto. Como será que ele tá? Nem tenho visto ele *on-line*... por que fui me lembrar do Beto logo agora?"

Todas as meninas já haviam...

... saído da piscina e ido para casa quando Natália terminou de se arrumar. Demorou de propósito. Mesmo apavorada, ficou enrolando, esperando que Rico fosse falar com ela. Nada em especial.
Ainda na portaria do clube, olhou para um lado. Olhou para o outro. Ouviu os meninos gritarem seu nome: "Natália, espera!" Lá vinham eles em grupo: Rico, Pedrito, Armando, Raí e Kléber.
– *Vai sozinha?* – Rico perguntou.
– *Como faço sempre* – ela tentou disfarçar o sorriso.
– *Hoje não!* – Raí respondeu.
– *Isso mesmo. Hoje a gente vai levar você pra casa!* – completou Pedrito.
– *Não precisa, gente. Eu moro aqui pertinho.*
– *E daí? Vai todo mundo pro mesmo lado. A gente só vai fazer um desvio estratégico pra deixar você em casa* – Armando riu.
– *Afinal, não é todo dia que alguém faz oito pontos de saque em cima do Raí* – Rico falou, às gargalhadas.
– *O Luiz Alberto disse que era pra gente não pegar pesado pra não machucar as meninas* – Raí tentou se defender.
– *Isso não tem nada a ver com recepção de saque* – Rico continuou implicando. – *Eu acho que foi falta de concentração. É isso o que dá jogar contra as meninas.*
– *Deixa ele, Rico* – Natália defendeu Raí. – *E pode reconhecer que o meu saque é poderoso mesmo* – ela riu.

– *Disso a gente não tem a menor dúvida, né, Raí?* – Rico deu um tapinha nas costas do amigo.
– *Mas, Nat, sabia que a gente vai assistir ao jogo de sábado?* – Raí tentou mudar o rumo da conversa.
– *Jura?* – ela olhou para Rico, buscando confirmação.
– *Na verdade, a gente tá se preparando pra fazer torcida organizada* – Pedrito completou.
– *Vou achar ótimo!* – e parou. – *Gente, eu moro aqui* – disse, buscando nos olhos de Rico uma resposta para as suas dúvidas. Nada.
Os pais de Natália ainda não haviam chegado do trabalho. Nem o irmão, do cursinho. Ela foi direto para o quarto, desarrumar a mochila. Tinha esse hábito. Detestava o cheiro de suor e de toalha molhada que ficava impregnado. Quase não percebeu quando um pequeno papel, igual aos outros que tinha recebido, caiu no chão. Mais um bilhete. Dessa vez dizia: "Bom demais o nosso encontro de hoje".
Gelou. "Como será que o Rico conseguiu colocar este papel na minha mochila? Quase não tirei os olhos dele..." Ouviu o barulho da porta abrindo. Os pais e o irmão chegavam juntos.
À noite, já na cama, ficou tentando matar a charada. E se não for o Rico? Fritou um bom tempo na cama em busca do sono perdido.
A única coisa que conseguiu descobrir era que precisava...

... contar aquilo pras amigas...

... no dia seguinte, sem falta. E pedir a ajuda delas para desvendar o mistério.

Como Raíssa não estudava na mesma escola que ela e Sofia, Natália decidiu só contar e mostrar o bilhete quando estivessem as três juntas. Marcou então com as meninas no clube, depois do almoço, antes de ir para o curso de Inglês.

– *Você nem sentiu mexerem na sua mochila?* – Sofia arregalou os olhos surpresa depois de ouvir a história e ver o bilhete.

– *Não senti, dá pra acreditar?*

– *Então, minha amiga, sinto lhe informar, mas isso não é coisa do Rico* – Raíssa declarou com uma segurança que lhe era bem peculiar.

– *Como você pode ter tanta certeza?* – Natália ficou meio decepcionada.

– *Muito simples: o Rico é atacante. Tem a mão pesada. Não ia conseguir abrir a mochila presa nas suas costas sem você sentir.*

– *Mas, quem sabe, a mochila podia não estar totalmente fechada* – ponderou Sofia. – *Tem vezes que a gente coloca a mochila nas costas sem fechar o zíper direito, né?*

– Não. Ela tava "fechadinha da silva". Tenho certeza! – declarou Natália, depois de pensar por alguns segundos. – *Lembro até de ter pensado que devia ter deixado um pouquinho aberta pro cheiro de suor do uniforme não ficar tão forte...*

– *Nesse caso então...* – Raíssa fez ares de quem estava pensando.

– *Nesse caso então?* – Natália e Sofia repetiram juntas.

– *Nesse caso então, acho que eu tava certa desde o princípio. Seu admirador secreto não é o Rico.*

Natália ficou meio decepcionada com a declaração, mas não demorou nem meio minuto para percorrer mentalmente todos os detalhes do retorno para casa acompanhada dos meninos.

– *Vamos analisar as opções* – decretou Raíssa. – *Quem estava junto mesmo? Rico, Raí, Pedrito...*

– *Armando e Kléber.*

– *Eu apostaria no Raí ou no Pedrito* – disse Sofia.

– *Por quê?*

– *Ah, Nat. Vamos por eliminação. O Armando namora aquela menina lourinha e baixinha que dança balé. O Rico, a Raíssa decidiu que não seria sutil o suficiente pra colocar o bilhete na mochila sem você perceber. O Kléber não tem cara de quem leva jeito pra esse tipo de romantismo.*

– *E o Raí? E o Pedrito?*

– *O Raí é um fofo. E o Pedrito lê poesia.*
– *Poesia? Quem disse isso pra você?* – Raíssa perguntou rindo.
– *Ninguém me disse. Eu vi um livro do Drummond na mão dele outro dia.*
– *Devia ser pra escola* – Raíssa disse.
– *Então ele só lê poesia pra escola, porque já o vi com livros do Fernando Pessoa, da Cecília Meireles...*
– *Gente, tenho que ir. Tô ficando atrasada pro Inglês.*

No caminho para o curso, Natália foi pensando em tudo o que as meninas haviam falado. De qualquer forma, fosse quem fosse, ela não saberia como se comportar, caso "ele" se aproximasse de verdade.
Quer dizer, não tinha ideia do que fazer.
Nunca havia namorado. Pior (ou melhor, quem sabe?), nunca tinha ficado com um menino.
Nunca tinha beijado!!! E só quem sabia disso eram Raíssa e Sofia. Mais ninguém.
Chegou à aula de Inglês quase atrasada.
Enquanto a professora dizia: "Good afternoon, class. Let's take a look at page...", ela se esforçava para afastar todos aqueles pensamentos da cabeça.
Mas uma única frase em inglês gritava como letreiro luminoso fantasma a sua frente: "I need...

... to learn

how to kiss…"

Enquanto Natália estava preocupada com o possível desenrolar daqueles misteriosos bilhetes, e Sofia tinha ido até o banheiro ajeitar as lentes de contato, Raíssa, sozinha na varanda do clube, pensava em Marco.
"Será que ele tá pensando o mesmo que eu? Será que é por isso que o Marco sempre dá um jeito de vir comigo pra casa? E se ele estiver gostando de mim?" Suspiro. "Tomara! Ele é tão fofo, tão legal, tão..." Na cabeça de Raíssa, nenhum adjetivo era suficiente para descrever Marco. "Ele é uma gracinha..." Suspiro.
Mas, se por um lado sentia-se bem com o simples fato de pensar em Marco, ficava apavorada com a ideia de que ele pudesse querer namorar. Ela bem que queria, mas, se isso acontecesse, sua mãe acabaria sabendo. E aí, conhecia bem a ladainha. Ficava imaginando: "Se ela reclama e me enche só porque às vezes me vê acompanhada por um menino, imagina o que não vai dizer se souber que estou namorando?"
Mergulhada naqueles pensamentos, sentada na lanchonete do clube, nem notou quando Marco chegou com dois copos de mate nas mãos:

– *Um tostão por seus pensamentos.*

– *Que susto!* – ela deu um pulo, quase derrubando os copos.

– *Com esse calorão todo, achei que você ia gostar de beber alguma coisa geladinha.*

Ah, o sorriso do Marco. Raíssa suspirou mentalmente, enquanto olhava para o garoto.

– *Pois meus pensamentos eram exatamente esses* – ela abriu aquele sorrisão que conquistava qualquer um.

– *Como assim?* – ele ficou meio desconcertado.

– *O que eu não daria por um mate bem gelado? Esses eram os meus pensamentos que custaram a você um tostão.*
– *E o que você daria?* – ele perguntou sério, olhando bem fundo nos olhos dela.
– *Não entendi* – ela desconversou.
– *Pelo mate? O que vale esse mate tão geladinho?* – ele continuava olhando para ela bem sério.
"Aonde essa conversa vai chegar?", ela começou a se perguntar.
– *Ah, sei lá!* – e disse sem pensar muito. – *O que você cobraria?* – e se arrependeu de ter dito aquilo no mesmo segundo.
– *Hum... que pergunta mais perigosa!* – ele se sentou pertinho dela. – *Tenho diversas respostas para essa pergunta...* – aproximou-se mais. – *Vamos ver...*
– *A gente tava procurando por vocês dois* – a voz de Sofia interrompeu os pensamentos e os medos de Raíssa.
– *O pessoal tá só esperando você pra gente bater uma bolinha* – Pedrito disse olhando para Marco e sorrindo.
– *Então tá!* – e, olhando para Raíssa, piscou o olho. – *Depois a gente continua essa conversa!*
Enquanto Pedrito e Marco se afastavam em direção ao campo de futebol...
– *E aí, Rá?* – Sofia quis saber.
– *E aí o quê, Sô?* – Raíssa estava com o coração batendo tão forte que chegou a achar que Sofia tivesse notado seu nervosismo.
– *Ah, não vem com esse papo de que vocês são só amigos de infância e blá-blá-blá...*
– *Mas é isso mesmo, Sofia! A gente se conhece desde sei lá quando!*
– *E daí? Isso quer dizer que não pode rolar nada? Que você não esteja gostando dele?*

– Tá legal, Sô. Eu gosto dele sim. Mas não acho que vai dar em alguma coisa – e rapidamente mudou o foco da conversa. – Mas, o que você tava fazendo com o Pedrito?

Sofia corou:

– Bem... ninguém sabe de nada, tá? A gente combinou que, por enquanto, as coisas vão ficar meio em segredo, entende?

Raíssa levou um susto. Não esperava aquela resposta assim, tão direta. Afinal, tinha dito aquilo só por dizer. Então, ajeitou-se na cadeira, olhou bem nos olhos da amiga. Não estava conseguindo acreditar no que tinha acabado de ouvir. Logo a Sofia? Tão tímida! Tão quietinha! Tão na dela! A Sofia, que tinha chegado à turma havia tão pouco tempo e que ainda dava a impressão de estar se lamentando por ter saído da sua cidade.

– Você e o Pedrito? Desde quando? Tão namorando? É sério? Por que você não contou nada pra mim? A Nat sabe? Por que você disse pra Nat que ele poderia ser o carinha que tá mandando os bilhetes? Como...

– Calma, Rá! Deixa eu explicar – respirou fundo. – Lembra do aniversário da Maura?

– Aquela festa aqui no clube? No mês passado?

– Essa mesma.

– Pensando bem, eu me lembro de ver vocês conversando na varanda do salão...

– Pois é. Desde aquele dia, a gente tá mais ou menos junto. Quer dizer, às vezes a gente vai ao cinema, sai pra tomar um sorvete. Essas coisas...

– Então vocês tão namorando?

– Mais ou menos.

– *E por que o segredo?*
– *Ah!* – Sofia deu de ombros. – *Sei lá. Acho que é porque a gente não queria que todo mundo ficasse zoando. Além disso, se não der certo, o povo todo vai ficar perguntando, sabe como é, né?*
De repente, Raíssa ficou muda, como se tivesse acabado de fazer a descoberta do século.
– *Então você já beijou?*
Sofia não entendeu direito a pergunta.
– *Ué, claro, né?*
– *E como foi? Deu tudo certo?*
– *Claro! E por que não daria?* – Sofia continuava a estranhar a curiosidade da amiga.
– *E foi bom?*
– *O que você acha? Se não fosse, a gente não taria mais junto* – e Sofia olhou para Raíssa curiosa. – *Amiga, não tô entendendo. Do jeito que você tá falando, parece até que nunca beijou.*
Raíssa, em pânico, olhou para o relógio rapidamente.
– *Caramba! Tô atrasada!*
– *Atrasada? Pra quê?*
– *Hum...* – demorou dois segundinhos. – *Pro dentista! Isso! Quase esqueci que minha mãe marcou dentista hoje. A gente se vê amanhã no treino* – falou num fôlego só e saiu. Quase correndo.

Sofia ficou olhando a amiga se afastar. "Será quê?? Não! A Raíssa não! Ela é popular demais pra nunca ter beijado. Mas que o jeito dela sair foi meio estranho, isso foi! Aí tem coisa!" E virou o olhar para o campo de futebol. "Será que...

... os meninos também falam...

... sobre essas coisas?"

No vestiário masculino, depois do jogo de futebol, Pedrito resolveu ser direto com Marco.

– E aí, cara. Esse rolo com a Raíssa sai ou não sai?
– Ah, Pedrito. Sei não. Algumas vezes, eu acho que ela tá a fim. Mas tem horas que eu fico pensando que é muita areia pro meu caminhãozinho aqui.
– Qual é, Marco! – ele riu. – Até reconheço que tem um monte de carinhas que adorariam se aproximar, mas, do jeito que ela olha pra você, só não vê quem é cego!
– Sei lá. Quer ver? Ontem, quando a gente saiu do clube, fui junto até quase a portaria do prédio. Mas, quando chegou à esquina, ela se despediu de um jeito que até parecia que queria se livrar de mim, entende? Como se tivesse medo que alguém visse a gente. E olha que não tava rolando nada. A gente só tava andando pra casa.
– Vai ver a mãe dela é do tipo que é uma fera. Ou então ela tava atrasada e não queria levar bronca. Sei lá.
– Pode ser. Mas a mãe da Raíssa me conhece desde que elas entraram pro clube. Às vezes ela fica jogando biriba com a minha mãe e outras amigas lá no salão de jogos.
– Então vai ver que você é que não tá mostrando seu interesse direito. Não tá sendo tão direto quanto deveria, ora!
– Que nem você com a Sofia? – Marco resolveu virar a conversa para outro lado.
– Talvez... – Pedrito respondeu sorrindo e dando uma piscadinha.
– Então quer dizer que vocês tão juntos mesmo?
– Pra falar a verdade, por mim, a gente tava mais junto ainda. Sabe, andando por aí de mãos dadas, essas coisas.
– E por que não?
– Ah! A Sofia acha que tem muito pouco tempo e que, se todo mundo souber e não der certo, aí o povo vai perguntar... Eu acho uma

bobagem, mas se ela quer assim... Por mim, tudo bem. Desde que ela esteja comigo.

– Taí um lance que eu nunca tinha percebido.

– O quê?

– Vocês dois. Nunca reparei.

– É que nós somos discretos – ele deu uma risada. *– Mas o clima tava rolando havia um tempo. Só que a Sofia é muito tímida, sabe? Não deixa pistas. Até que um dia eu tava com um livro do Drummond na mão e ela disse que gostava de poesia.*

– Não sabia que você lia poesia.

– Ler, eu nem lia, cara. Eu só tava com o livro, porque tinha que fazer um trabalho pro colégio. Mas aí, quando ela disse aquilo, resolvi ir atrás. Fui falar com a moça da biblioteca da escola e ela me indicou outros livros de poesia bem legais.

– E? – Marco olhou intrigado.

– E agora eu descobri que poesia não é chata como eu achava que era. Muito pelo contrário: existem uns poetas que parecem que estão falando direto com você, dá pra entender? Isso sem falar que, por causa da poesia, eu tô com a menina que eu gosto. Precisa mais?

"Será que a Raíssa gosta de poesia também?", Marco se pegou pensando enquanto se despedia dos amigos. "Acho que não. Nunca ouvi ela comentando nada. A questão agora é que eu preciso descobrir alguma coisa que faça diferença. Que vire um assunto legal entre a gente. Que ajude a me aproximar mais dela". Pensou em vôlei. Afinal, os dois eram das equipes titulares do clube. "Não. Óbvio demais. A gente fala muito disso. Tenho que descobrir outra coisa. Tenho que dar um jeito...

... de me aproximar melhor dela".

E foi pensando assim que Marco chegou ao clube no dia seguinte.

Não tinha treino. Por causa do jogo importante que as meninas teriam no sábado, Luiz Alberto decidiu cancelar o treino masculino para ceder o horário para Geísa. Mas Marco queria mostrar a Raíssa que estava ali para dar uma força. Além de, é claro, tentar descobrir qualquer coisa que pudesse servir de gancho para uma aproximação ainda maior.

Sentiu uma pontinha de inveja quando viu Pedrito dar um beijinho de bom treino, meio escondido, na Sofia.

O treino das meninas estava rolando havia uma meia hora quando Marco e Pedrito resolveram entrar no ginásio e se sentar lá no cantinho da arquibancada, de um jeito que não chamassem a atenção. Não demorou muito, chegaram também Rico, Raí e Kléber.

– *E aí?* – cumprimentou Raí.

– *Beleza?* – respondeu Pedrito.

– *Tão fazendo o quê, aqui?* – Marco perguntou aos três, olhando para Rico.

– *O mesmo que vocês, eu acho* – Kléber respondeu com seu jeito meio desligado.

– *Dando uma força pras meninas, né?* – Raí falou sem tirar os olhos da quadra.

"Acho que o Rico tá a fim da Raíssa. Ele não tira os olhos dela", Marco pensou. E foi começando a ficar incomodado com a situação. "Caramba! Não tenho a menor chance! Todas as meninas se derretem por ele. E logo a Raíssa, tão popular... É claro que ela vai preferir ficar com o Rico". Sem perceber, Marco foi ficando cada vez mais inquieto. Ele se mexia no banco. Olhava para Rico, olhava para Raíssa, olhava para Rico novamente.

– *Ela nem tá vendo que a gente tá aqui. Relaxa!*

Pedrito deu um tapinha no ombro de Marco.

– *E fica frio, porque o Rico não tá olhando pra Raíssa. O interesse dele é bem outro.*

– *Como é que você sabe?* – Marco falou baixinho, tentando manter o controle da situação.

– *Ouvi ele comentando com o Raí.*

– *Comentando o quê?*

– *Eu tava passando e ouvi os dois falarem alguma coisa sobre a Nat. Acho que ele tá querendo ficar com ela.*

E acabou que, durante todo o treino, Marco ficou mais preocupado em tentar descobrir a verdade sobre o que Raí e Rico estavam cochichando do que em encontrar algo...

... em comum com a Raíssa.

Mas há algumas coisas que acabam acontecendo e a gente nem percebe. O fato foi que Rico e Raí não perceberam o olhar curioso de Marco. E, achando que ninguém estava vendo, Rico escreveu alguma coisa num pedaço de papel e dobrou, como se fosse um bilhete. Marco teve a impressão de que Raí estava ditando algo para o amigo. Ficou intrigado. E não tirou mais aquela imagem da cabeça. Até que o treino acabou.

Enquanto as meninas estavam no vestiário, os cinco combinaram de ir dar um mergulho. E só Kléber tinha pressa.

– *Como vocês tão moles!* – implicou.

Mas ninguém respondeu. Marco ia devagar por causa da Raíssa. Pedrito, por causa da Sofia. Rico e Raí... bem, isso era um enorme mistério.

Não demorou muito, toda a equipe feminina estava na piscina. Toda, menos Raíssa. De mochila nas costas e uma enorme pasta A3 na mão, ela se despediu das amigas e foi saindo discretamente. Ninguém viu, só Natália e Sofia.

– *Cadê a Raíssa?* – perguntou Kléber.

– *Ela tava atrasada pra aula* – respondeu Natália.

– *Aula?* – Marco ficou surpreso. – *Que aula?*

– *Logo você não sabe?* – estranhou Sofia.

– *Logo eu? Não entendi!*

– *Vocês se conhecem há tanto tempo, achei que soubesse do curso de Desenho, oras!*

– *É mesmo!* – comentou Rico. – *Mas a aula de Desenho dela é antes do treino.*
– *Pois é, só que o treino de hoje foi dobrado, né? Então ela foi assistir à aula de outra turma pra compensar* – explicou Natália.
Enquanto aquela conversa toda se desenrolava, Marco ia se corroendo por dentro. "Como é que o Rico sabe que a Raíssa tem aula de Desenho, e eu não sei? Por que ela contou pra ele e não contou pra mim?"
– *Calma, cara!* – Pedrito puxou o Marco para o outro lado da piscina.
– *Eu tô calmo.*
– *Com essa cara?* – ele riu. – *Nem o meu pai, que é o cara mais calmo que eu conheço.*
– *Mas você ouviu o que eu ouvi? O Rico sabia que a Raíssa faz curso de Desenho. E eu não!*
– *Em primeiro lugar, o Rico sabia porque uma das irmãs dele faz curso de Desenho com a Raíssa. E, antes que você fique furioso, eu só sei disso, porque a Sofia comentou alguma coisa sobre os desenhos incríveis que ela faz, mas que tem vergonha de mostrar pra todo mundo.*
– *Como assim?*
– *Isso mesmo, pasme! Mas aquela menina popular e brincalhona, a rainha da festa, também tem seu lado tímido. Que nem todos nós.*
– *Caramba, eu nunca ia conseguir imaginar a Raíssa tímida.*
– *Pois é. Mas, em segundo lugar, você acabou de achar uma coisa em comum com ela e nem tá se dando conta disso.*
– *Hein?* – Marco ainda não tinha entendido.
– *Desenho? Lembra? Seus cadernos? O zine que a gente faz no grêmio da escola?*
– *Ah!*
– *Caramba! Eu tava achando que a ficha não ia cair!*
– *Que ficha?*

– *Esquece!* – disse Pedrito se controlando para não perder a paciência. – O importante é que você agora tem um assunto pra puxar conversa com a Raíssa. E não é colégio, nem vôlei, nem clube.

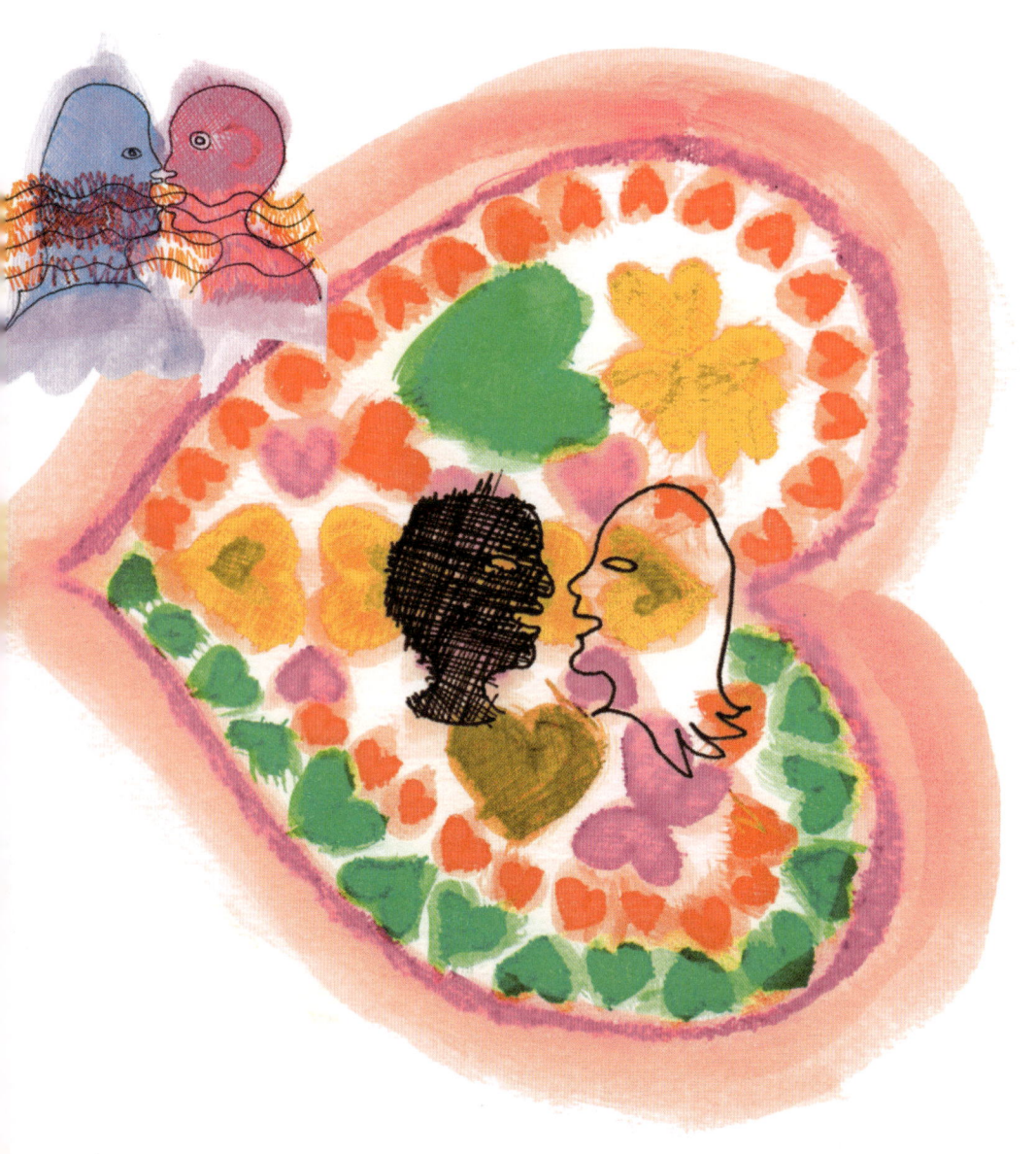

Pedrito voltou para perto da turma. Quer dizer, para perto de Sofia. E Marco ficou literalmente boiando na piscina, imaginando, mentalmente, as inúmeras formas de abordar o assunto com Raíssa.
Foi aí que...

... teve uma ideia brilhante.

"Já sei!", disse consigo mesmo. E esperou a maior parte do pessoal ir embora. Então, juntou os amigos e propôs:
– *O que vocês acham da gente fazer uma filipeta pra distribuir no clube inteiro, chamando todo mundo pra ir ao jogo no sábado torcer pelas meninas?*
– *Genial, cara!* – Rico se animou. – *Posso pedir pra minha irmã fazer uma ilustração bem legal, o que vocês acham?*
– *Não precisa, Rico!* – Marco deu um risinho. – *Deixa que eu faço. Vou fazer uns rascunhos quando chegar em casa e mando pra vocês por e-mail. Aí, a gente decide o que fica bom, e eu finalizo a imagem.*
– *Beleza, Marco. Quando tiver pronta, manda pra mim, que eu faço a arte* – disse Kléber.
– *Arte?* – perguntou Armando.
– *É a arte-final, cara! Como eu posso explicar... Já sei! Um arquivo em PDF que a gráfica usa pra imprimir. Entendeu?* – Kléber tentou explicar.
– *Ah!!!* – Armando disse, fingindo que tinha entendido.
– *Maravilha então. E deixa que eu falo com meu pai. Peço pra imprimir e copiar aqui na secretaria do clube* – completou Raí.
É que o pai do Raí era o diretor de Esportes do clube. E apoiava toda e qualquer iniciativa que ajudasse a promover qualquer uma das equipes.

Combinaram também que não contariam nada para as meninas do time. Concordaram que elas estavam ansiosas demais com o jogo e poderiam ficar nervosas se soubessem que o clube em peso estava sendo convocado para fazer torcida organizada.

Raí ainda propôs convocarem o resto da equipe masculina para fazerem cartazes para levarem no dia do jogo. Todos concordaram, é claro.

Marco teve o cuidado de assinar a ilustração. E esperava, com isso, chamar a atenção de Raíssa. Enquanto o grupo...

... se organizava e colocava...

... o plano em ação, Natália descobriu outro bilhete na mochila, ao chegar em casa.

Correu para o computador, na esperança de que as amigas estivessem *on-line*. Nada. Pegou o celular e mandou uma mensagem: "Mais um!" Não dava para aguentar até o dia seguinte para mostrar o bilhete. Não demorou muito, estavam as três na maior discussão *on-line*:

☺Raíssa

O que diz?

♥Nat

"Você esteve ótima no treino".

☺Sofia☺

Então isso quer dizer que ele tava assistindo.

☺Raíssa

Já é uma pista. A gente pode excluir o Armando. Ele não tava lá.

♥Nat

Como é que vc sabe?

☺Raíssa

Vai dizer que vc não viu os meninos lá no último degrau da arquibancada?

☺Sofia☺

Pedrito, Marco, Rico, Raí e Kléber. Viu não?

♥Nat

Não!!!!

☺Raíssa

Que bom! Se tivesse visto, talvez recebesse um bilhete dizendo que tinha que se concentrar mais no jogo! Rsrsrsrsrsrsrsrs

♥Nat

☹....................

☮Sofia☮

Gente, tô saindo. Minha mãe reclamou que tá tarde e que eu tenho prova amanhã cedo. Fui.

✘ Sofia saiu da conversa.

♥Nat

Rá, vc que é mais experiente... o que eu faço?

Raíssa ficou alguns minutos olhando para a tela do computador. "De onde a Nat tirou essa ideia de que eu sou mais experiente? Ela nunca me viu com ninguém! E não poderia ter visto mesmo, porque eu nunca fiquei com ninguém! Será que todo mundo pensa que sou experiente?" Não esperava aquela pergunta justo da Natália, sua melhor amiga.

☺Raíssa

Ah, Nat, sei lá! Tenho que ir. Minha mãe tá mandando desligar. Amanhã a gente conversa mais. Fui.

✘ Raíssa saiu da conversa.

Natália estava cansada. O corpo estava exausto. Elas haviam treinado o dobro do tempo normal e, mesmo com Geísa dizendo que aquele era só um treino técnico, ela treinou como se fosse dia de jogo. E, mesmo assim, a cabeça não parava de pensar. "Será que é mesmo o Rico o autor dos bilhetes? Por que a Raíssa não respondeu à minha pergunta? E se não for o Rico, quem será? Caramba, preciso tirar uma nota boa amanhã e não estudei quase nada, mas pelo menos eu sei a matéria e a nota boa é só pra manter a média alta e passar direto no fim do ano. A Rá anda tão misteriosa... Meu irmão acabou de chegar, esse negócio de vestibular é complicado mesmo, o coitado teve aula extra até agora... Já nem sei mesmo se eu queria que fosse o Rico... Acho que o Pedrito é uma gracinha, mas tô desconfiada que ele é a fim da Sô... Será que..." e dormiu. Mergulhada num turbilhão de ideias confusas e pensamentos aparentemente sem sentido.

Na manhã de sexta-feira...

... Raí estava com o arquivo da filipeta pronto e tinha passado para o pai mandar fazer as cópias. Diga-se de passagem, o diretor de Esportes havia ficado animadíssimo com a iniciativa. Tudo acontecia muito rápido. A ideia dos meninos era aproveitar a tarde quente e a alta frequência de sócios para fazer a campanha relâmpago.

Tentavam fazer tudo sem que as meninas da equipe de vôlei soubessem, mas reconheciam que era uma missão quase impossível, já que seria muito fácil uma filipeta cair nas mãos de uma delas.

Marco ainda estava intrigado com a reação de Raíssa no dia em que voltaram juntos do clube. Será que dona Alba, a mãe dela, tinha algo contra ele? Resolveu fazer um teste quando a viu conversando com sua mãe no bar da piscina.

– Oi, mãe, oi, dona Alba. A gente tá fazendo uma campanha pra levar o maior número possível de sócios pra torcer pelas meninas amanhã.
– Que maravilha! – Alba comentou. – E quem fez essa ilustração?
– Ah! Eu conheço esse traço, Alba! – e virando-se para o filho. – Foi você, não foi, Marco?
– Foi sim, mãe. Não sabia que você conhecia tão bem meus desenhos.
– Sou sua mãe, não é?
– Parabéns, Marco. A Raíssa já viu? Sabia que ela também desenha?
– É mesmo, dona Alba? Ela não viu ainda não. Na verdade, a gente está tentando não deixar que elas saibam da nossa campanha. Sabe como é, né? – ele piscou. – Não queremos deixar as meninas mais nervosas com o jogo do que já estão.
– Então, mostra para ela depois – Alba disse sorrindo.

Para Marco, foi um tipo de vitória. Quer dizer, ele percebeu que, pelo menos aparentemente, a mãe de Raíssa não tinha nada contra ele.

Comprometidos com a campanha que haviam criado, os meninos se espalharam pelo clube distribuindo as filipetas e falando com os sócios. Pedrito estava perto da portaria quando foi abordado por um casal que não conhecia.

– *Por favor, você poderia nos dar uma ajuda?* – perguntou o homem, que parecia meio perdido.

– *Estamos procurando o restaurante...* – a mulher sorriu.

– *Claro!* – ele sorriu. – *Já vi que são novos por aqui. Vamos lá, que é meio complicado explicar pra quem não conhece o clube.*

– *Eu não diria que somos exatamente sócios novos* – o homem riu –, *mas acho que é a segunda vez que entramos aqui. Nossa filha é que vive nesse clube.*

– *Sua filha? Quem é ela? Eu devo conhecer. Frequento aqui desde criancinha.* – Pedrito ficou curioso.

– *Ela joga vôlei. Se chama Sofia. Você conhece?* – a mulher completou.

– *Cla-claro!* – Pedrito quase ficou sem fala. – *Aproveitando* – entregou uma filipeta para cada um –, *estamos fazendo uma campanha pra levar o maior número de sócios possível pra torcer pela equipe no jogo de amanhã.*

– *E você acha que nós íamos perder?* – o homem falou orgulhoso. – *Acha que não iríamos torcer por nossa filhota?*

– *Com certeza!* – e parando. – *Bem, o restaurante é aqui. Ah! Eles fazem uma carne-assada maravilhosa.*

A mulher agradeceu com um sorriso que Pedrito logo achou igual ao de Sofia.

– *Mas você não disse o seu nome.*

– *Pedro. Mas todo mundo me conhece como Pedrito.*

Geisa tinha sugerido...

... para suas jogadoras que fizessem alguma coisa mais descontraída na véspera do jogo. De preferência, que nem fossem ao clube. Algumas foram ao cinema e outras acharam melhor ficar em casa assistindo à TV. Sofia, Natália e Raíssa combinaram de se encontrar no *shopping* para dar uma voltinha, fazer um lanche, olhar vitrines... Tentavam, dentro do possível, evitar falar sobre o jogo. Era difícil, mas não impossível. Procuravam também não conversar sobre meninos, mas aí era outra questão...

– Estive pensando muito na história dos bilhetes...
– Ah, Nat! Você ficou obcecada com esses bilhetes, né? – Raíssa provocou.
– E você não estaria? Confessa pra gente, Rá, se fosse você quem tivesse recebido esses bilhetinhos que a Nat tem recebido, não ficaria supercuriosa pra saber quem é esse admirador secreto? Quem, da nossa turma, você consegue imaginar que tivesse uma ideia dessas em vez de ir se chegando?
– Calma, Só, não era isso que eu tava falando. É claro que eu também estaria supercuriosa. O que eu tô dizendo é que, desde que a Natália contou sobre os bilhetes, a gente não tem outro assunto.
– Alô, amigas! Eu tô aqui, tão vendo? Eu sei que fiquei meio obcecada pelos bilhetes. O que eu queria dizer é que tenho pensado muito nessa história. Confesso que num primeiro momento eu queria que fosse o Rico. Sei lá, acho que porque ele é o garoto mais cobiçado do clube. Porque seria o máximo uma menina normalzinha como eu desfilando pra todo canto com o Rico.

— E agora não quer mais? — estranhou Raíssa.
— Era aí aonde eu queria chegar: acho que não. No fundo, no fundo, eu sempre achei o Rico um cara legal, divertido, animadinho, mas nunca me imaginei andando de mãos dadas com ele, ou indo a um cinema, ou fazendo essas coisas que namorados fazem, entendem?
— Com quem você se imaginaria fazendo todas essas coisas? — Sofia quis saber.
— Raí — Natália disse sem pensar duas vezes.
— Raí?! — estranharam as duas.
— Raí — Natália repetiu. — Sempre adorei conversar com ele. A gente se entende, gosta dos mesmos filmes, ouve as mesmas músicas — ela falava com um tom meio suspirante. — Mas tenho certeza de que não é o Raí quem tá me escrevendo os bilhetes.
— E da onde você tira tanta certeza? — perguntou Sofia.
— Primeiro porque eu conheço a letra do Raí. E é muito diferente da dos bilhetes. Depois porque acho que a gente se conhece bem o suficiente pra ele não precisar de bilhetinhos pra se aproximar de mim. E também não acho que ele seja tão romântico assim.
— Puxa, Nat! Como você tá sendo radical! Já imaginou se for ele mesmo?
— E se — continuou Sofia —, justamente por que ele te conhece tão bem, tenha ainda mais medo de se aproximar de você de outro jeito e não ser bem recebido?
— Isso, Nat — dessa vez era Raíssa. — Ninguém gosta de ser rejeitado!
— Mas eu acho que acabei chegando à conclusão de que quem tá me mandando esses bilhetes, tá fazendo isso por pura brincadeira. Nem sei se é algum menino mesmo. Tem cara de ser coisa de menina. Ah, gente, eu só queria contar pra vocês, porque a gente tem falado muito

nessa história e eu quero colocar um ponto-final nisso. Quero esquecer que recebi os bilhetinhos. Nesse momento, a minha única preocupação é com o nosso...
— *Shhhh!!!! Combinamos não tocar nesse assunto!* – lembrou Sofia.
— *Então, vamos tomar um sorvete, que daqui a pouco os pais da Sofia vêm buscar a gente.*
— *Na verdade, vai dar pra tomar mais de um sorvete. Eles foram jantar no clube pra comemorar o emprego novo do meu pai... vão ligar quando saírem de lá.*

O sábado amanheceu...

... ensolarado. "Hum...", pensou Sofia, ainda na cama. "Isso é um bom sinal...", disse em voz alta enquanto se espreguiçava.
— *A mocinha sabe que está na hora de se levantar?* – o pai entrou no quarto.
— *Já tô acordada, pai. Eu só tava me concentrando um pouquinho.*
— *Sua mãe está quase pronta. E o café da manhã está na mesa. Então, acho melhor você se concentrar enquanto se arruma* – ele deu um beijo na testa da filha. – *Porque eu acho que não vai querer chegar atrasada logo hoje, não é mesmo?*
— *E aonde vocês vão depois que me deixarem no clube?*
— *Vamos para o ginásio municipal garantir um bom lugar, é claro!*
— *Vocês vão??????*
— *E você tinha alguma dúvida, mocinha?* – disse a mãe parada na porta do quarto.

O que Sofia não sabia, e ficou sabendo sem querer, era que a campanha relâmpago que os meninos fizeram tinha surtido muito mais efeito do que imaginavam. Enquanto terminava de se arrumar, viu um papel que caiu da bolsa da mãe, que procurava alguma coisa.
– *O que é isso?* – perguntou.
– *Nada* – a mãe tirou o papel rapidamente da mão dela.
– *Mãe! Onde você arranjou isso?*
– *Um menino muito simpático lá do clube. Como era mesmo o nome dele, Oscar?*

– *Pedro* – o pai respondeu. – *Mas ele disse que vocês o chamam de...*
– *Pedrito!* – Sofia completou, arregalando os olhos.
– *Algum problema, filha?*
– *Não, pai. Nada não. É que, pelo que eu vi, essa filipeta falava alguma coisa do nosso jogo. O que era?* – tentou disfarçar.
– *Bobagem, filha. Esquece* – a mãe desconversou. – *Está pronta?*

Podemos ir?

Enquanto Sofia ainda se espreguiçava na cama, Natália estava chegando ao clube com o irmão.

– *Relaxa, maninha. Vai dar tudo certo.*
– *Tô tentando, Nuno, mas não é fácil* – ela deu um suspiro.

Se, por um lado, Nuno tentava acalmar a irmã pensando na importância do jogo que estava para acontecer, por outro Natália respondia com o possível autor dos bilhetes em mente. Ela bem que tinha tentado virar aquela página, mas milhares de situações passavam pela cabeça como num filme de ação--romance-comédia, tudo ao mesmo tempo e agora. De repente olhou para o irmão, que esperava mais alguma resposta.

– *Você já viu aquelas meninas jogando? Elas batem muito forte. E são enormes!*
– *Vocês são melhores. E a gente vai pra lá torcer. Seremos o sétimo jogador em quadra, prometo!* – ele entregou a mochila com o uniforme para Natália. – *E, sabe de uma coisa?*
– *O quê?*
– *Acho bom você fazer a melhor partida da sua vida, viu?*
– *Como assim?* – ela estranhou.
– *Porque, se não fosse por minha irmãzinha aqui, eu estaria em casa, trancado no quarto, mergulhado nos livros. Lembra que o vestibular começa daqui a um mês?*

Natália deu um enorme abraço no irmão. Apesar de todas as brigas – afinal, que irmão não briga de vez em sempre? –, ela o considerava seu melhor amigo. É claro que nem tudo era "contável" para um irmão mais velho, mas sabia que ele estaria a seu lado em qualquer situação. Olhou fixo para a entrada do ginásio. Respirou fundo. E foi. Passos firmes e uma vontade imensa de...

... ganhar aquele jogo.

Raíssa não admitia outra opção. Nada pessoal contra a equipe adversária. Simplesmente achava que as meninas tinham treinado duro para chegar até ali. E também acreditava que, se ela entrasse em quadra considerando a possibilidade de perder, o time estaria a um passo da derrota.
– *Pronta, filha?* – Alba entrou no quarto vestindo uma blusa com as cores do clube, uma bandeirinha na mão e um sorriso que havia muito tempo Raíssa não via.
– *Pronta, mãe. E, pelo visto, você também tá, né?* – ela devolveu o sorriso. – *Sabe que eu cheguei a achar que você não ia ao jogo hoje?*
– *Ah, Raíssa, você sabe muito bem que eu fico nervosa quando vocês estão jogando sério, mas...* – Alba cortou a frase no meio, com cara de quem ia falar o que não devia.
– *Mas...* – Raíssa ficou curiosa, esperando a mãe concluir.
– *Vamos logo, que a Ana Maria e o Rogério já devem estar à minha espera.*

"Por que a mãe e o padrasto do Marco estão esperando a minha mãe?", Raíssa ficou se perguntando enquanto caminhavam, lado a lado, rumo ao clube. E não resistiu.

– *Mãe, por que eles estão esperando você?*
– *Ora, eles vão de carro para o ginásio municipal e me ofereceram uma carona. Algum problema?*
– *Vocês três?!*
– *E mais o irmão do Rogério e o filho da Ana Maria. Aliás, que garoto educado!* – deu um risinho. – *E talentoso! Você sabia que ele desenha muito bem? Faz até um jornalzinho lá no colégio onde estuda. Além disso...*

A partir daí, Raíssa não ouvia mais o que a mãe estava dizendo. Só conseguia pensar: "Quem é essa mulher que tá andando do meu lado? O que será que ela fez com a minha mãe? Cadê a dona Alba que tanto reclama quando me vê perto de algum menino? E que me deu a maior bronca no início da semana só porque o Marco tava voltando do clube comigo?"

– *... na casa da Ana Maria no domingo, viu?*

Raíssa nem se deu conta da última frase que a mãe dissera. Deu-lhe um beijo no rosto quando chegaram ao clube, despedindo-se dela para entrar no vestiário. E foi nesse exato momento que uma cena extremamente curiosa chamou sua atenção.

Perto da porta do vestiário das meninas estavam Rico, Raí e Julinha. Viu Rico entregando um papel à irmã mais nova. Raí falou alguma coisa que Raíssa não conseguiu ouvir. Julinha estendeu a mão com o papelzinho, mostrando que estava bem fechada.
E então a menina entrou correndo no vestiário. Tudo muito rápido.
Não demorou nem um pouco, e lá veio Julinha correndo em direção aos meninos. Fazia sinal de positivo com a cabeça, como se tivesse acabado de cumprir uma missão.
"Aí tem coisa... e eu...

... preciso descobrir".

Não havia mais ninguém no vestiário quando Raíssa entrou. Olhou tudo em volta com muita atenção para ver se descobria o que Julinha tinha ido fazer ali tão rapidamente. Nem um sinal.
Pelo barulho que vinha do ginásio, o aquecimento devia ter começado. Então, trocou de roupa bem rápido, colocou suas coisas no armário e, quando estava batendo a porta, notou uma sombra nas frestas do respiradouro do armário de Natália, que ficava ao lado do seu. "Será que é mesmo o Rico? Eu vi quando ele deu o papel pra Julinha..."

– *Raíssa! Só falta você!* – Geísa gritou lá do ginásio.
– *Calma, que eu já tô aqui!* – ela entrou na corrida do aquecimento decidida a não contar nada do que tinha visto para as amigas. Pelo menos até o final do jogo. Foram os quinze minutos de aquecimento mais longos da vida de Raíssa. Queria muito conversar com as amigas. Estava meio em choque pela cena que tinha presenciado antes de entrar no vestiário, sim! É claro! Mas também pela conversa da mãe. Entretanto, sabia que não devia falar nada. Não antes do jogo. Mesmo porque não teriam oportunidade de ficarem sozinhas. Geísa reuniu as meninas. Repassou as últimas recomendações táticas, fez um ligeiro discurso de incentivo. E finalizou dizendo:

– *Esse jogo é mais importante do que a final.*

As jogadoras fizeram cara de espanto. E ela completou:

– *Vencendo esse, estaremos no nacional, independentemente de sermos ou não campeãs estaduais.*

E foram ao vestiário para se preparar para pegar o ônibus que as levaria ao ginásio municipal. E foi então que, quando abriu o armário, Natália teve...

... uma surpresa...

... ao ver um papel todo dobrado cair no chão.

– *Eu não acredito!* – ela disse baixinho.
– *Outro?* – Sofia perguntou animada.
– *Outro* – respondeu, colocando o bilhete na parte da frente da mochila.
– *Você não vai ler?*
– *Agora não, Sô. Não dá pra perder a concentração. Agora só quero pensar no jogo e fazer a minha parte pra gente ganhar* – disse decidida enquanto arrumava suas coisas.
De repente parou. Olhou para Sofia com cara de quem tinha tomado a resolução mais importante de sua vida.
– *Sabe de uma coisa? Eu nem sei se quero ler esse bilhetinho, viu? Seja lá quem for que tá fazendo isso, é melhor se mostrar logo, porque eu tô ficando é cansada dessa história toda* – e completou, olhando sério para as amigas. – *Não tô ficando cansada, não. Eu tô é cheia desse mistério.*
– *Calma, Nat! Se foca no jogo que depois que ele acabar, a gente vai desvendar esse mistério. Hoje sem falta. Custe o que custar.*
– *Rá, você sabe de alguma coisa que eu não sei?*
– *Adoraria Nat, mas...* – e sentiu-se mal por mentir para a amiga – *... a gente vai dar um jeito de descobrir.*
Geísa começou a apressar as meninas. Era um grande dia para a equipe. E era...

... para ela também.

Ninguém sabia, mas, na primeira vez em que Geísa tinha disputado a final de um estadual, sua equipe havia perdido justamente para o clube contra o qual iriam jogar. Para ela, era como se fosse jogar uma revanche, porque, desde aquela época, nunca mais tivera a oportunidade de enfrentar aquele time. Não caíram mais nas mesmas chaves, não se enfrentaram em outras categorias. Mas agora era uma questão de honra para Geísa. Acreditava nas suas jogadoras. Sabia que estava fazendo um bom trabalho com aquela equipe e tinha certeza de que muitas delas poderiam seguir carreira no esporte se quisessem.

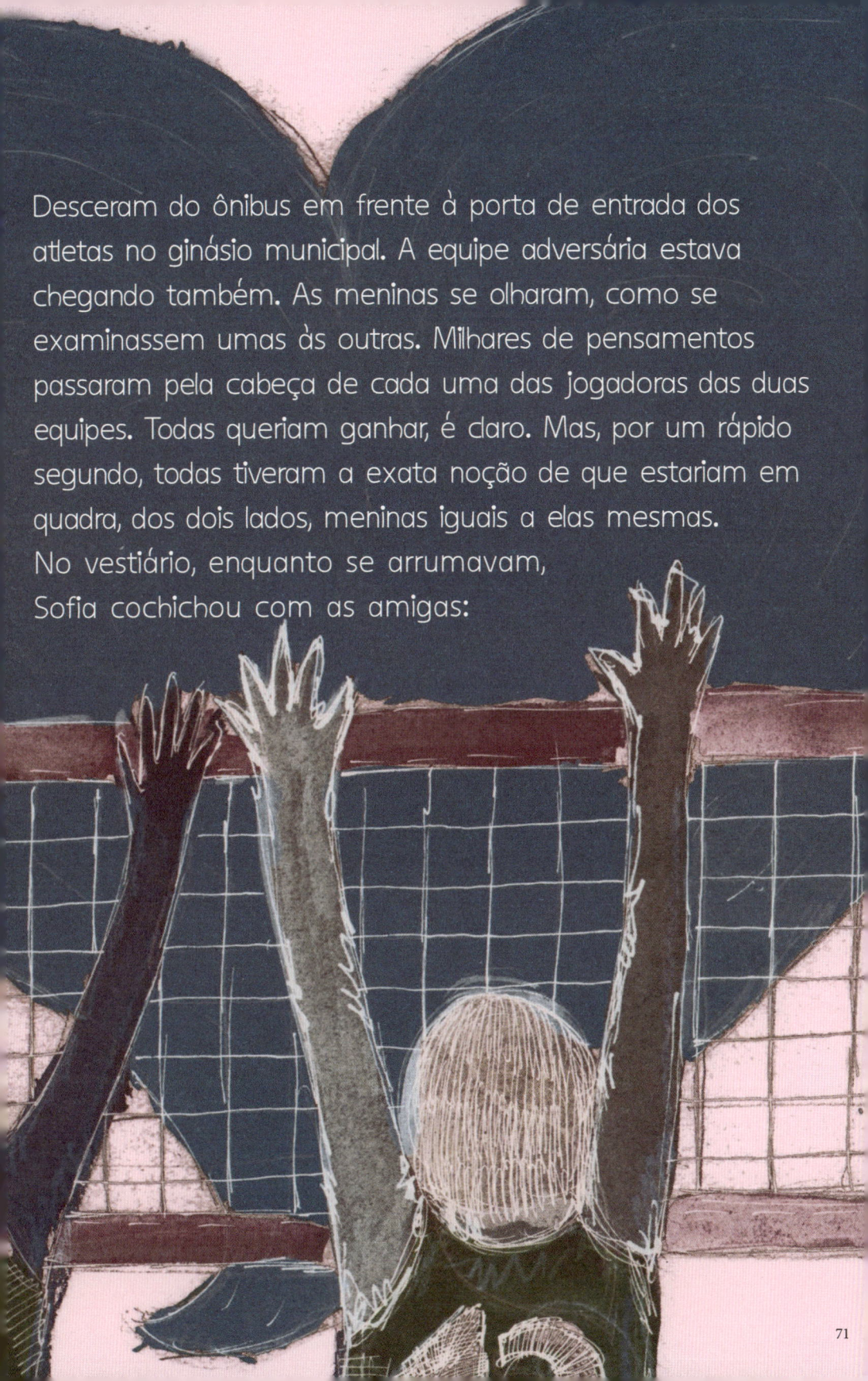

Desceram do ônibus em frente à porta de entrada dos atletas no ginásio municipal. A equipe adversária estava chegando também. As meninas se olharam, como se examinassem umas às outras. Milhares de pensamentos passaram pela cabeça de cada uma das jogadoras das duas equipes. Todas queriam ganhar, é claro. Mas, por um rápido segundo, todas tiveram a exata noção de que estariam em quadra, dos dois lados, meninas iguais a elas mesmas.
No vestiário, enquanto se arrumavam, Sofia cochichou com as amigas:

– *Acho que os meninos aprontaram alguma coisa.*
– *Como assim?* – perguntou Natália.
– *Sem querer, minha mãe deixou cair um papel da bolsa que parecia uma filipeta. Eu juro que li alguma coisa sobre o jogo de hoje.*
– *Tinha algum desenho?* – quis saber Raíssa.
– *Foi muito rápido, mas acho que tinha sim. Por quê?*
– *Agora as coisas começam a fazer sentido...* – Raíssa disse como quem estava relembrando alguma coisa.
– *O que foi, Rá?* – Natália perguntou.
– *É que a minha mãe começou a fazer uns elogios ao Marco, dizendo que ele desenhava muito bem etc. e tal. Agora a Sô tá falando em filipeta e nos meninos aprontando...*

A conversa foi cortada com o chamado de Geísa para o aquecimento.

E as suspeitas foram confirmadas no momento em que as meninas entraram em quadra. O ginásio municipal estava lotado. Mais da metade das arquibancadas ostentava as cores do clube. Enormes faixas de incentivo estavam esticadas. Uma enorme bandeira mostrava o desenho de uma jogadora literalmente voando enquanto dava uma bela cortada. E ela se parecia demais com Raíssa.

– *Eu não disse?* – Sofia falou com o canto da boca.
Raíssa ficou emocionada. Natália até se esqueceu dos bilhetes. Sofia não precisou procurar muito para encontrar Pedrito que estava bem pertinho da quadra. E foi nesse clima...

... que o jogo começou.

Jogo sério. Jogo tenso. Jogo extremamente disputado. As adversárias abriram o placar. Não só abriram, como não deram chance à equipe de Geísa ao longo dos oito primeiros pontos. Por mais que acertassem a recepção, os passes, as batidas, as meninas não conseguiam colocar a bola no chão da outra quadra.

Por outro lado, tinham a impressão de que as outras haviam treinado intensamente a arte de bater a bola em direção à linha.

Jogo tenso. Jogo sério.

Finalmente, numa jogada incrível em que Sofia fez uma recepção perfeita entregando a bola nas mãos de Maura para a levantada precisa, e que culminou com a batida certeira de Raíssa, a equipe fez o primeiro ponto. Uma explosão de gritos veio da torcida que os meninos tinham organizado. Torcida que, até então, estava calada, tensa, séria, assim como o jogo.

Com o ponto, foi a vez de Natália ir para o saque. Concentrada, não ouviu quando alguém gritou das arquibancadas: "Eu te amo, Nat!"

Ela pode não ter escutado, mas Marco ouviu muito bem. Achou até que havia reconhecido aquela voz. Deu uma olhada geral para ver se conseguia confirmar sua desconfiança, mas todo mundo pulava e gritava muito. Apenas tinha certeza de que a voz viera de muito perto. E, em volta deles, só estavam os meninos do time de vôlei.

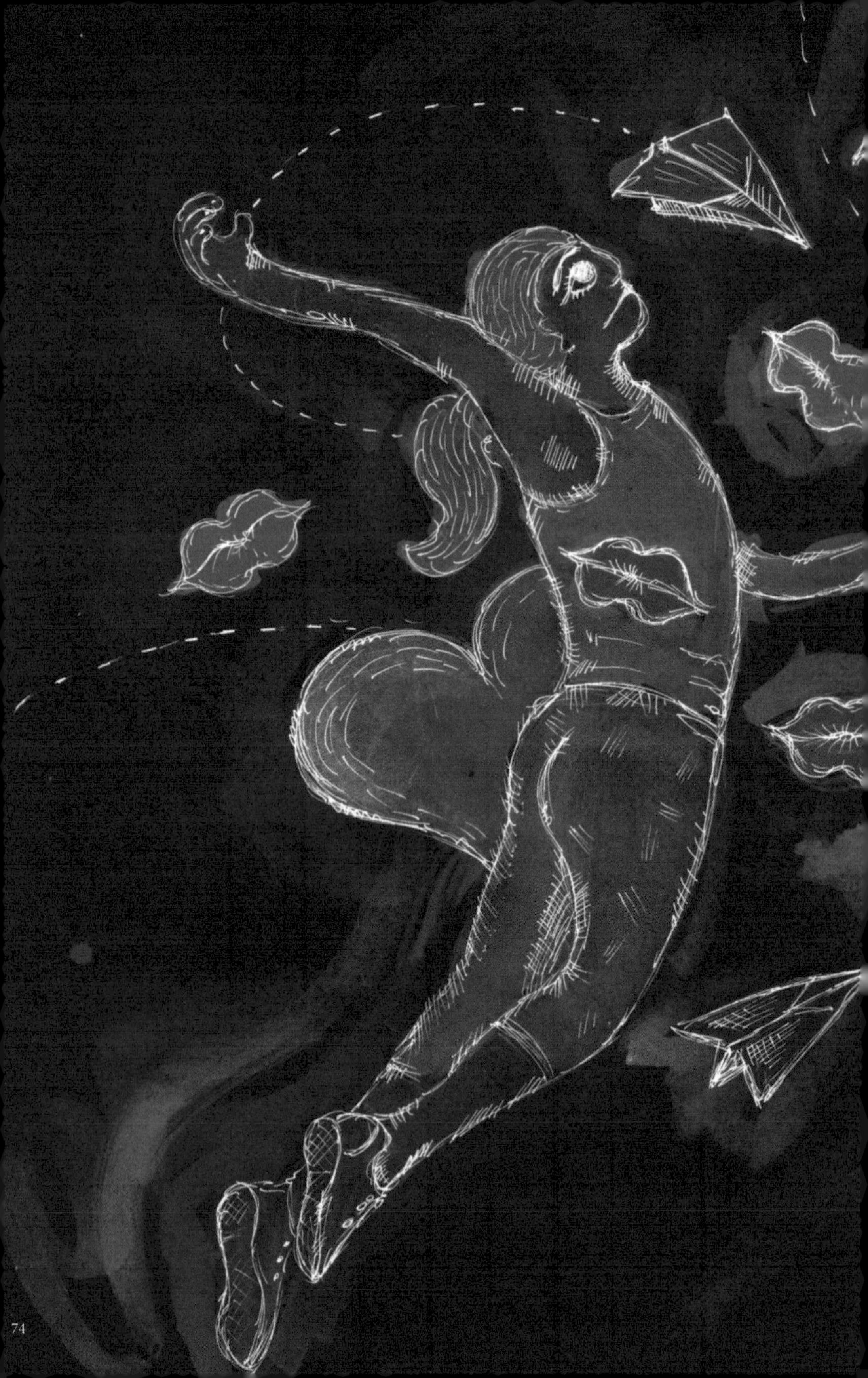

75

– *Viu? Eu não disse?* – Pedrito tentou cochichar, mas a gritaria era tanta que ele não escutou.

– *Ela não é o máximo?!* – respondeu, apontando para Raíssa. – *E viu só quem gritou o nome da Natália? Eu acho que foi...*

Mas parou na metade da frase, quando Natália deu um saque indefensável, marcando mais um ponto.

Pedrito ficou rindo. E percebeu que muita coisa ainda estava para acontecer naquele dia.

O jogo endureceu mais depois que Natália fez outros três pontos seguidos de saque. Foi como se as meninas tivessem adquirido um ânimo e determinação novos. Mas não foram suficientes para terminar o primeiro *set* na frente. Uma diferença de dois pontos no placar. Mas foram dois pontos a menos. *Priiiiii...* o apito do juiz...

... indicava o intervalo...

... e a troca de lado na quadra.

Enquanto as meninas secavam o suor e se reidratavam com água fresca, Geísa, de prancheta na mão, começou a dar novas instruções, a apontar as falhas que havia percebido na equipe adversária e a dizer palavras de incentivo para suas jogadoras.

Inacreditavelmente, nenhuma das meninas olhou para as arquibancadas. O momento era tenso. Não podiam permitir que as outras crescessem mais ainda no jogo. Precisavam de toda a concentração possível para retornar à quadra. E isso incluía não pensar em outra coisa que não fosse na bola, nas companheiras de equipe e naquilo que a treinadora havia acabado de falar.

O juiz apitou novamente, avisando que era hora de retomar a partida.

Ao se posicionar em quadra, Raíssa, colada na rede esperando a autorização do saque, teve a impressão de ser provocada por uma jogadora do outro lado.

Respirou fundo. "Cabeça fria, Raíssa", disse baixinho para si mesma. Queria ganhar, sim, mas queria sentir orgulho de ganhar limpo, não à custa de provocações infantis.

O segundo *set* começou como o primeiro. Com as adversárias fazendo diversos pontos seguidos. E, novamente, Natália foi para o saque. E, mais uma vez, pontuou três vezes. Mas dessa vez ela ouviu quando alguém gritou da arquibancada: "Nat, eu te amo!"

Raíssa e Sofia também ouviram. E se olharam. Mas não tinham tempo para comentar ou para especular sobre o dono daquela voz.

– *Nat*! – gritou Sofia em quadra. – *Depois a gente descobre!*

– *Agora, joga!* – completou Raíssa. – *Vamos ganhar este* set.

E foi o que ela fez.

Estranhamente, depois de ouvir aquele grito e, mesmo sem ter certeza de conhecer ou não a voz, Natália sentiu uma enorme tranquilidade. Como se o peso de todos aqueles bilhetes tivesse saído da sua caixinha de preocupações de uma hora para outra. Sentiu uma segurança incrível tomar conta do seu corpo e, a partir daí, jogou como nunca. Surpreendendo até a si mesma. E foi assim que venceram o segundo *set* e empataram a partida. Mas ainda...

... havia muito jogo pela frente.

Elas precisavam ainda vencer mais dois *sets*. E tinham certeza de que não seria tarefa fácil. A situação era a mesma para as duas equipes. E ambas queriam muito aquela vitória.

O início do terceiro *set* foi um pouco diferente. Alice estava no saque e soube aproveitar muito bem a armação de rede com Raíssa e Natália e Maura fez os melhores levantamentos de sua vida.

As meninas levaram o *set* com uma facilidade relativa, mantendo-se à frente do placar todo o tempo. Venceram por cinco pontos de diferença.

No intervalo, Geísa se apressou em alertar:

– *Vocês estão de parabéns! Foram confiantes, deram bons passes, jogaram como equipe. E é assim que tem que ser. Mas, cuidado! Elas agora vêm com tudo porque precisam ganhar o quarto set de qualquer maneira.*

– Mas, Geísa, a gente tá ganhando! – comentou Alice.

– *Justamente por isso, querida. Quando estamos vencendo, a tendência é relaxarmos em quadra. Só que agora isso não pode acontecer. Mais do que nunca, vocês precisam estar concentradas, se quiserem vencer o jogo.*

– Entendido! – Raíssa disse, tentando passar segurança. – *Nada de salto alto, certo?*

– *Isso mesmo, Raíssa. Vamos deixar o salto para depois, o.k.? Para a festa.*

– *Que festa?* – perguntou Sofia.

– *Maneira de dizer* – desconversou Geísa, esticando a mão. – *Como uma só jogadora?*

– *Como uma só jogadora!* – repetiram todas o grito de guerra que tinham criado logo no início do campeonato. E o quarto *set* começou.

Apesar de terem feito os dois primeiros pontos, logo começaram a ter a incômoda sensação de *déjà-vu* do primeiro *set*. As adversárias viraram o jogo rapidamente e abriram uma vantagem de quatro pontos.

Novamente Natália foi para o saque. E, de novo, diminuiu a diferença, deixando sua equipe apenas um ponto atrás e equilibrando o jogo.

Ponto de um lado. Ponto de outro. Os dois times se alternavam na liderança. Até que, faltando quatro pontos para fechar o *set* e o jogo, Natália saltou com Raíssa, numa jogada combinada. E caiu. E, quando digo caiu, eu quero dizer: Natália pisou torto na descida. Torceu o pé. Foi um corre-corre. As arquibancadas ficaram em silêncio. Nuno correu para ver o que tinha acontecido com a irmã. Os pais dela também. Os meninos da equipe masculina acompanhavam tudo em pé. Luiz Alberto correu para a quadra com Geísa. Examinou o pé da menina e, como ela não conseguia apoiar o pé, ele pegou Natália no colo e a levou para o banco.

Enquanto isso, na arquibancada, o clima era de tensão. Marco, que tinha começado a desconfiar que o interesse de Rico não era em Raíssa, teve certeza. Rico e Raí faziam cara de aflitos. E foi exatamente a aflição dos dois que deixou Pedrito com uma pulga atrás da orelha. Principalmente quando ouviu a seguinte conversa: sem conseguir definir quem estava falando o quê.

— *Será que ela se machucou muito?*

— *Não sei. Mas teve que sair no colo do Luiz Alberto.*

— *Eu vou lá.*

— *Não vai, não.*

— *Vou sim.*

— *Não. Eles não vão deixar você chegar perto. Olha lá! Só quem pôde falar com ela foi o Nuno.*

— *A mãe dela tá lá.*

— *Cadê o pai?*

— *Acho que foi buscar alguma coisa.*

— *Ela precisa de mim.*

— *Ela nem sabe que precisa de você.*

O jogo ficou parado por uns cinco minutos enquanto tudo isso acontecia. Até que Luiz Alberto disse a Geísa que ela não tinha condições de voltar à quadra. Substituição feita, o *set* recomeçou. Natália chorava sentada no banco. Chorava de dor, é bem verdade, mas também chorava por não poder estar em quadra. Chorava porque sabia o quanto sua saída poderia abalar a equipe.

E abalou mesmo. As adversárias não apenas empataram, como abriram dois pontos de vantagem. E Geísa...

... pediu tempo.

— *Tá doendo muito, amiga?* — Sofia foi correndo perguntar.

— *Doendo, tá* — Natália respondeu firme, disfarçando o choro. — *Mas presta atenção na Geísa, que é mais importante agora.*

– *Eu sei que a Natália faz falta* – começou Geísa –, *mas não podemos deixar isso abalar a nossa confiança* – e olhou para a menina sentada no banco, com o saco de gelo no tornozelo. – *Não é mesmo, Natália?*
– *Claro!* – ela respondeu.
– *Então, meninas, vocês podem ganhar esse jogo. Estamos muito perto. Raíssa, bate na direção da número cinco. Ela é a mais fraca na recepção das bolas rápidas. Sofia, fica atenta quando a número três subir na rede. Não se intimide com a força dela. É só força. Maura, alterna entre a Raíssa e a Alice. E, vocês duas* – falando para as duas atacantes –, *sempre subam juntas para confundir a defesa delas, combinado?*
– *Combinado!* – gritaram todas.
E o jogo recomeçou.
Jogo mais tenso. Jogo mais sério. Era o momento do tudo ou nada.
De cara, fizeram um ponto. Mas as adversárias marcaram logo em seguida. Se marcassem mais um, ganhavam o *set* e empatariam a partida, forçando um quinto *set*.
Segundos antes do saque, Sofia olhou rapidamente para a amiga com o pé esticado. Respirou fundo. A bola veio de um jeito que apenas um milagre a faria defender. E o milagre aconteceu. Maura não acreditou no que estava vendo, mas não teve tempo de pensar. Agiu por instinto e colocou a bola nas mãos de Alice que, embora tenha pulado como quem vai dar uma cortada bem forte, aproveitou uma bobeira da defesa e deu apenas um toquinho, fazendo que a bola caísse suave e surpreendentemente no chão da quadra adversária.

Um ponto de diferença.
Era a vez de Alice no saque. Olhou para Natália, que fez um sinal de quem confiava na companheira de equipe. Sacou com tanta precisão, que a bola foi cair na quina da quadra. Em cima da linha. Linha é ponto. *Set* empatado.
A treinadora da outra equipe pediu tempo. O último. Hora de esfriar a recuperação do time de Geísa. Não adiantou. Na volta, Alice sacou forte, mudando a direção da bola. Até deu defesa, mas elas não conseguiram se armar direito e devolveram a bola de graça. Sofia recebeu, passou para Maura, que levantou para Raíssa.
Preciso respirar fundo, porque ninguém acreditou, nem ela mesma, na altura do pulo que Raíssa deu para cortar aquela bola. Era como se ela estivesse voando.
– *Igualzinho ao meu desenho...* – suspirou Marco na arquibancada.
Aliás, nesses momentos finais, toda a torcida organizada pelos meninos estava prendendo a respiração com medo de atrapalhar a recuperação e a concentração das jogadoras.
Ponto!
Só faltava mais um para vencerem o jogo. Só faltava mais um ponto para irem à final.
Natália nem sentia mais dor alguma no tornozelo. Muito menos pensava nos bilhetes ou em qualquer outra coisa. Os olhos estavam...

... vidrados nas companheiras em quadra.

Alice sacou mais uma vez. A defesa foi boa. A recuperação foi rápida e a batida, certeira. Mas Raíssa e Carla estavam atentas e o bloqueio funcionou como haviam feito inúmeras vezes no treino.

Sofia não se deixou perder a concentração e pegou o rebote, colocando a bola, pela enésima vez, nas mãos de Maura, que levantou, para a surpresa de todos, para Alice cortar detrás da linha dos três metros.

O time adversário quase não defendeu a bola. Mas conseguiu se organizar a tempo de mandar uma cortada certeira bem em cima de Alice, que não era a melhor jogadora de recepção. Só que, mesmo no susto e de mau jeito, ela defendeu, passando a bola para Sofia.

E, numa jogada que surpreendeu até mesmo Geísa, Sofia passou a bola direto para a outra quadra. A bola ficou parada alguns milésimos de segundo bem em cima da rede, como se estivesse decidindo para que lado cairia.

E acabou caindo, quicando no ombro da atacante adversária, e indo parar ao lado do pé de Natália.

Ponto!

Apito final.

– *Gê, a gente venceu*!!! – Natália gritou para a treinadora, quase que pulando no banco.

– *Vencemoooooooooooos*! – era o grito de toda a equipe e da torcida.

E Sofia e Raíssa vieram correndo...

... abraçar
a amiga
machucada.

85

— A gente conseguiu, Nat! A gente conseguiu! — Raíssa gritava.
— Sô, como é que você fez aquilo? — Natália ainda não acreditava no ponto final.
— Sei lá, Nat. Nem sei o que eu pensei na hora, mas entrei em quadra pensando naquilo que a Geísa sempre diz pra gente.
— O quê? — Raíssa perguntou.
— "Na dúvida, siga os seus instintos". E eu segui. Nem sei como pude ver a falha no bloqueio. Aliás, nem sei se tinha alguma falha no bloqueio delas.
— Você pegou todo mundo desprevenido. Por isso deu certo — disse Natália.
— Vamos, maninha? — era a voz de Nuno indo buscar Natália.
— Ah! Eu quero voltar no ônibus com as meninas. A gente precisa comemorar essa vitória — ela choramingou.
— Comemora mais tarde — Geísa se aproximou.
— Como assim?
— Não contamos nada esperando o jogo, mas o seu Rodolfo, o diretor de Esportes do clube, preparou uma festinha para as equipes. Ele tinha muita certeza de que iríamos vencer — explicou Geísa.
— E — completou Nuno — ele já falou com o papai. Você vai poder ir à festa, só que antes a gente vai levar você ao médico para ver como tá esse pé.
— Festa? — Raíssa olhou para Geísa. — Ninguém disse nada!
— E não fala por aí, viu? Vou avisar a todas lá no vestiário — Geísa deu aquele olhar oitenta e oito, de quando estava falando supersério.
— Nat, vai cuidar desse pé, que pode ser sério — disse Sofia, passando a mão nos cabelos da amiga.

Nuno pegou a irmã no colo, enquanto a mãe de Natália voltava do vestiário onde tinha ido buscar a mochila da filha.

E foi então que Sofia ouviu aquela voz, sussurrando a seu ouvido:

– *Antes você era especial só pra mim, agora é pra todo o clube. Vou ficar com ciúmes.*

Ela se virou feliz da vida e abraçou Pedrito de um jeito que só namorados fazem. Não estava preocupada em esconder mais nada. Não ligava a mínima. Estava feliz por ele estar ali, a seu lado.

A única coisa que Sofia não esperava era ver os pais parados, assistindo a toda a cena.

– *Oi, pai* – ela disse engolindo, enquanto soltava o pescoço de Pedrito. – *Oi, mãe.*

– *Estou vendo que você realmente conhece o Pedro, não é?* – o pai falou com ar sério.

– *É...* – ela começou a gaguejar.

– *Como vai o senhor?* – Pedrito se apressou a cumprimentar o pai da namorada.

– *Eu vou muito bem* – respondeu Oscar, puxando Pedrito para o canto. – *E você, mocinho, lembra bem que a Sofia é a minha princesinha, certo?*

– *Pode deixar. Eu vou lembrar sempre.*

Enquanto isso, Letícia, a mãe de Sofia, abraçou a filha e disse em seu ouvido:

– *Bom gosto, hein, filha! Garoto educado, bonitão, simpático...*
– *Mãe...* – Sofia sentiu o rosto corar –, *tenho que ir pro vestiário, que a Geísa tá chamando.*

E, enquanto as meninas se afastavam em direção ao vestiário, Letícia deu a mão ao marido, olhou Pedrito nos olhos e perguntou.

– *Quer uma carona? Estamos indo ao clube para pegar a Sofia.*
– *Só se for agora* – ele respondeu todo animado, mas já pensando...

... na festa.

E a festa virou o assunto das meninas depois que Geísa fez o comunicado, no vestiário.

– *Você sabia disso?* – perguntou Raíssa, baixinho para Sofia.
– *Soube na mesma hora que você.*
– *O Pedrito não comentou nada?*
– *Não. Nadica de nada.*

De repente, Raíssa se deu conta do que tinha acontecido.

– *Sô! Você não tinha me dito que seus pais sabiam do Pedrito!*
– *E não sabiam mesmo* – ela riu. – *Agora sabem.*
– *Eles falaram alguma coisa? Brigaram com você?*
– *É claro que não!* – e Sofia percebeu a aflição de Raíssa. – *Rá, eu tinha um namorado lá na cidade onde eu morava. O Beto. Mas, quando meu pai disse que havia sido transferido pra outra cidade, a gente terminou.*

– *Por quê?*
– *Ah, amiga! Você acha mesmo que ia dar certo namorar a distância? Que graça tem?*
– *E seus pais sabiam do Beto?* – Raíssa se surpreendia cada vez mais com as revelações de Sofia.
– *Sabiam, claro! Meus pais não me proíbem de namorar. Eles só fazem um monte de recomendações, principalmente meu pai. Você sabe como é.*
"Não, não sei não. Adoraria saber". Raíssa pensou.
E Sofia, percebendo que não deveria ter falado em "pai" com Raíssa, decidiu desviar a conversa.
– *E o Marco, Rá?*
– *O que tem o Marco?*
– *Você viu isso?* – estendeu a mão, entregando uma das filipetas a Raíssa.
– *Não tinha visto. O que tem isso a ver com o Marco?*
– *Só você não percebeu que a jogadora do desenho é a sua cara, né?*
– *E daí?*
– *E daí que quem fez o desenho foi o Marco.*
– *Como você sabe?*
– *Olha a assinatura aqui* – Sofia apontou o canto da ilustração.

Com a filipeta na mão, Raíssa começou a entender por que a mãe havia comentado sobre os desenhos do Marco. E nessa hora começou a fazer um esforço descomunal para lembrar os detalhes do que a mãe havia falado enquanto caminhavam para o clube. Não conseguia lembrar-se de nada.
Mas foi para casa com uma sensação esquisita de que...

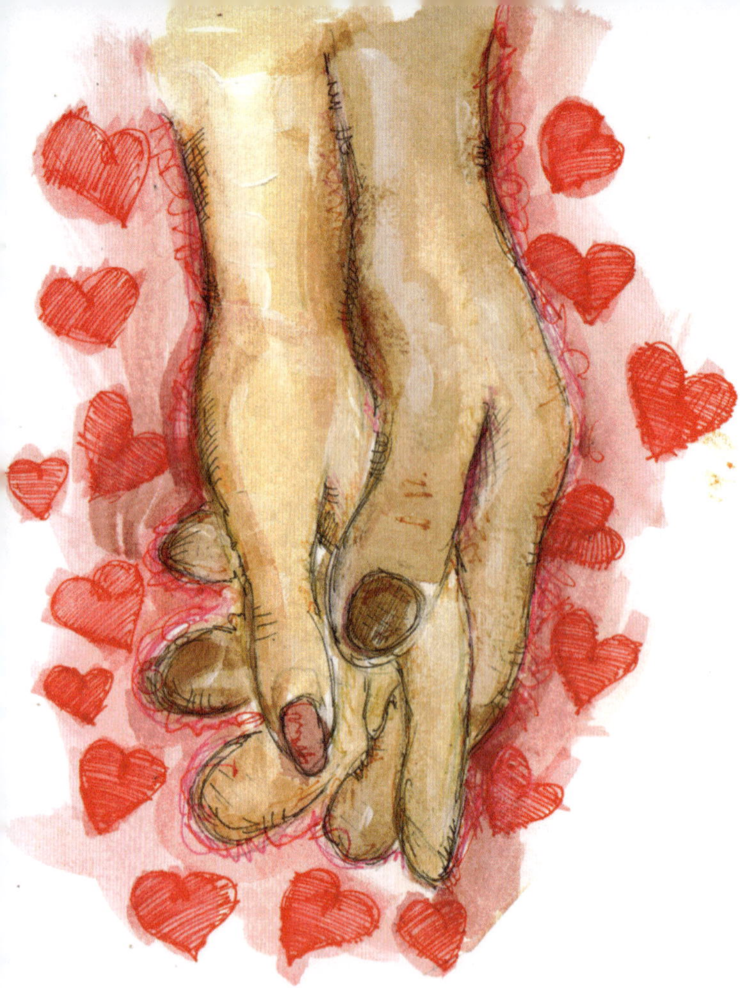

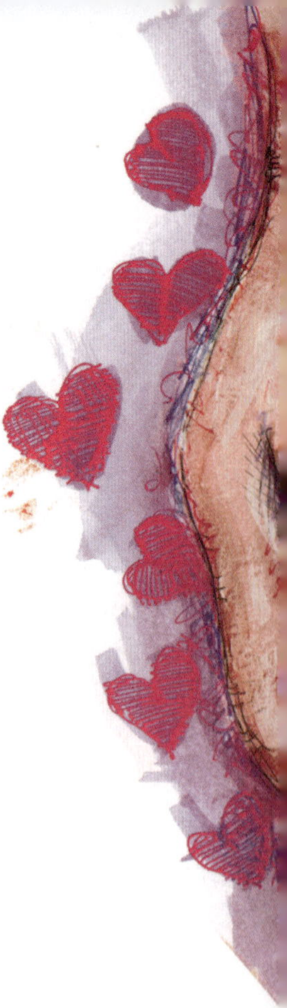

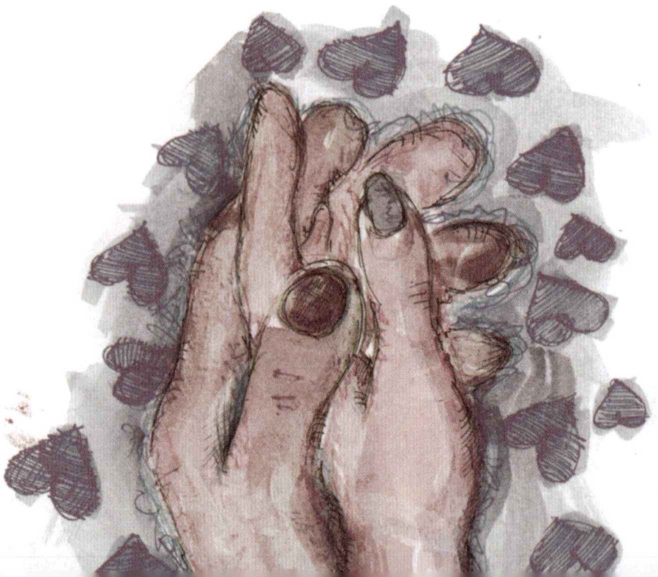

... algo estava para acontecer.

Enquanto seu pé era radiografado, Natália pensava a mesma coisa. De repente, lembrou-se do último bilhete. "Caramba! Eu nem li! Será que ele tinha a solução do mistério? Lembro que alguém gritou: 'Nat, eu te amo' durante o jogo. Bobagem. Pode muito bem ter sido apenas por causa dos pontos que eu marquei naquela hora... mas e se..."

– *Foi só uma torção* – a voz do médico interrompeu seus pensamentos.

– *Quando eu vou poder jogar de novo?* – ela se apressou em perguntar.

– *Vai demorar um pouquinho* – o médico respondeu.

– *E o tratamento, qual será?* – a mãe de Natália quis saber.

– *Teremos que imobilizar o tornozelo. Daqui a uma semana, ela deverá voltar aqui e a examinaremos novamente. O importante é não colocar o pé no chão e tentar mantê-lo a maior parte do tempo para o alto. Além disso, aqui está a receita de um anti-inflamatório. Um comprimido a cada oito horas, durante uma semana.*

– *Mas eu vou poder ir à festa, não é?* – Natália perguntou quase chorando.

– *Se você prometer que não vai colocar o pé no chão e que vai ficar sentadinha...* – o médico riu.

– *Eu juro! Eu juro!* – e virando-se para a mãe. – *Você vai deixar, né? Eu preciso muuuuuitooo ir a essa festa!*

– *Mas, filha...* – a mãe estava relutante.

– *Por-fa-voooorrrr!* – as lágrimas começavam a despontar nos olhos de Natália. – *Por-fa-vor-zi-nhooooo! Eu prometo que não coloco o pé no chão! A gente ganhou o jogo, mãe, a gente vai à final! Nós nos classificamos pro nacional. Eu PRECISO ir a essa festa. Deixa, vai!*

E Natália foi à festa. Com uma infinidade de recomendações. A promessa de ficar com o pé para cima. Uma ansiedade que não cabia dentro dela.
Foi um problema escolher a roupa certa. Como seus vestidos ou eram muito curtos, ou "sem graça", segundo ela mesma, acabou optando por um *shortinho* que tinha comprado no dia anterior. Era novo, confortável e permitia que ela ficasse com a perna para cima sem ter de se preocupar em sentar-se "comportadamente".
– *Pronta?* – perguntou Nuno.
– *Acho que sim.*
– *Então vamos. Eu vou com o pai levar você pro clube.*
– *Mas você não tem que estudar?*
– *Tenho, mas dez minutinhos a mais, dez a menos, não farão diferença. Além disso, você é meio pesadinha, né?* – Nuno riu. – *E alguém tem que carregar você no colo até o salão.*
– *Que chique!* – Natália riu imaginando a cena. – *Pelo visto, vou fazer...*

... uma entrada triunfal.

E foi mesmo.
Só faltava Natália na festa. Todos haviam chegado e pairava no ar a grande dúvida: será que ela poderia ir? Alguns diziam que não: "Os meus pais jamais deixariam eu sair de casa depois de me machucar daquele jeito".

Outros achavam que sim: "É claro que eles vão deixar! Ela brilhou no jogo. Não pode, simplesmente, não comemorar uma vitória dessas". E outros ficavam na dúvida: "Será que ela vem? Vai ser a maior maldade se os pais dela não deixarem. Ela merece vir à festa".
E, em meio a tantas opiniões divididas, eis que Natália chegou. No colo do irmão. Pé enfaixado. Um largo sorriso. A festa parou e todo mundo começou a aplaudir. E Natália chorou. Discretamente. Emocionada. Geísa tinha separado duas cadeiras. Uma para ela sentar. Outra para colocar o pé. Sem ninguém saber, havia prometido aos pais dela que ficaria de olho para que seguisse todas as recomendações.
E bastou Nuno colocar Natália na cadeira, para que todos se agrupassem a seu redor. As perguntas eram tantas, que mal dava tempo para ela responder:
– Tá doendo?
– *Quanto tempo você vai ficar com essa atadura?*
– Vai ter que operar?
– *Quando vai poder jogar de novo?*
– Tá tomando remédio?
– *Quer alguma coisa?*
– Como é que se toma banho com isso aí no pé?
– *Só dá pra andar de colo?*
– Pode comer de tudo?
Em meio a todo o tumulto, Raíssa puxou Sofia para um canto.

– *O que foi, Rá?*
– *Acho que descobri quem tá mandando os bilhetes pra Nat.*
– *Jura?! E quem é?*

E Raíssa contou a Sofia a cena que tinha visto quando chegou ao clube, antes de entrar no vestiário.

– *Então é o Rico mesmo!* – Sofia ficou surpresa. – *Já contou pra ela?*
– *E eu tive chance? Ia contar depois do jogo, mas, depois que ela se machucou, a gente não ficou mais sozinha nenhum momento.*
– *Olha lá! O Rico tá ao lado dela.* – Sofia parou para pensar. – *Acho que você não tem que falar nada, não.*
– *Como não? Tá maluca? Ela vai ficar uma fera comigo se descobrir.*
– *Ou não. Lembra que ela disse pra gente que nem queria que fosse o Rico? Então, se você não contar nada, ela vai continuar na dúvida e, quem sabe, ele para de mandar bilhetes e essa história acaba virando passado.*
– *Ah, Sô, você é tão... tão...*
– *Tão o quê, Rá?*
– *Tão... madura! Isso! Madura!*
– *Não sou não, Rá. Eu só fico imaginando que, se fosse comigo, era assim que eu ia preferir. Imagina ficar sabendo que o cara mais cobiçado do clube tá a fim de você e ele não ser exatamente quem você queria namorar?!*
– *Sei lá, Sô.* – Raíssa estava na dúvida.
– *Vamos fazer o seguinte. A gente espera até o fim da festa e vê o que acontece. Se for ele mesmo, com certeza, vai aproveitar pra falar com ela.*

E assim elas fizeram. Mas aquela festa ainda prometia...

... outras surpresas.

A primeira foi quando Pedrito chamou Sofia para conversarem na varanda.

– *Olha, Sô, até agora eu topei fazer o que você queria. A gente tava ficando escondido, sem ninguém saber, mas sabe de uma coisa?*

Sofia olhava para Pedrito meio sem entender o que ele queria.

De repente ele tirou um embrulhinho do bolso. Abriu cuidadosamente. Eram dois cordões e uma moedinha rachada no meio. E continuou falando.

– *Depois daquela hora lá no ginásio, depois do jogo, quando até os seus pais viram a gente junto, acho que não funciona mais essa coisa de esconder, né?*

Ela concordou.

– *Então...*

Ele quebrou a moedinha em duas. Pendurou cada metade em um dos cordões. Colocou um cordão no pescoço de Sofia e lhe entregou o outro, para que ela colocasse no pescoço dele.

– *Namorados?*

Ela não falou nada. Simplesmente se aproximou e os dois se beijaram.

Parada na porta da varanda, Raíssa presenciou toda a cena. Um apertozinho no coração. "Como eu queria que fosse eu e o Marco", pensou. "Mas eu nem sei o que faria. Caramba! Não dá pra contar pra ninguém que eu morro de medo de beijar. Que eu fico treinando no sorvete. Que vergonha!"

– *Um tostão por seus pensamentos* – era a voz tão querida de Marco.

– *Nada em especial* – ela disfarçou, sentindo seu rosto queimar, como se ele pudesse ler o que se passava pela sua cabeça.

– *Nada? Vocês venceram o jogo, vão pra final e se classificaram pro nacional. Uma de suas melhores amigas se machucou e a outra está ali* – apontou para o casal sentado no banco da enorme varanda do salão de festas – *namorando sério. E você me diz que não tá pensando em nada?*

– *Ah, Marco. É claro que tudo isso tá na minha cabeça, mas eu não tava pensando em nada de especial na hora em que você chegou. Só isso.*

– *E se eu for buscar um mate gelado?*

– *Mate gelado?* – Raíssa fingiu não entender.

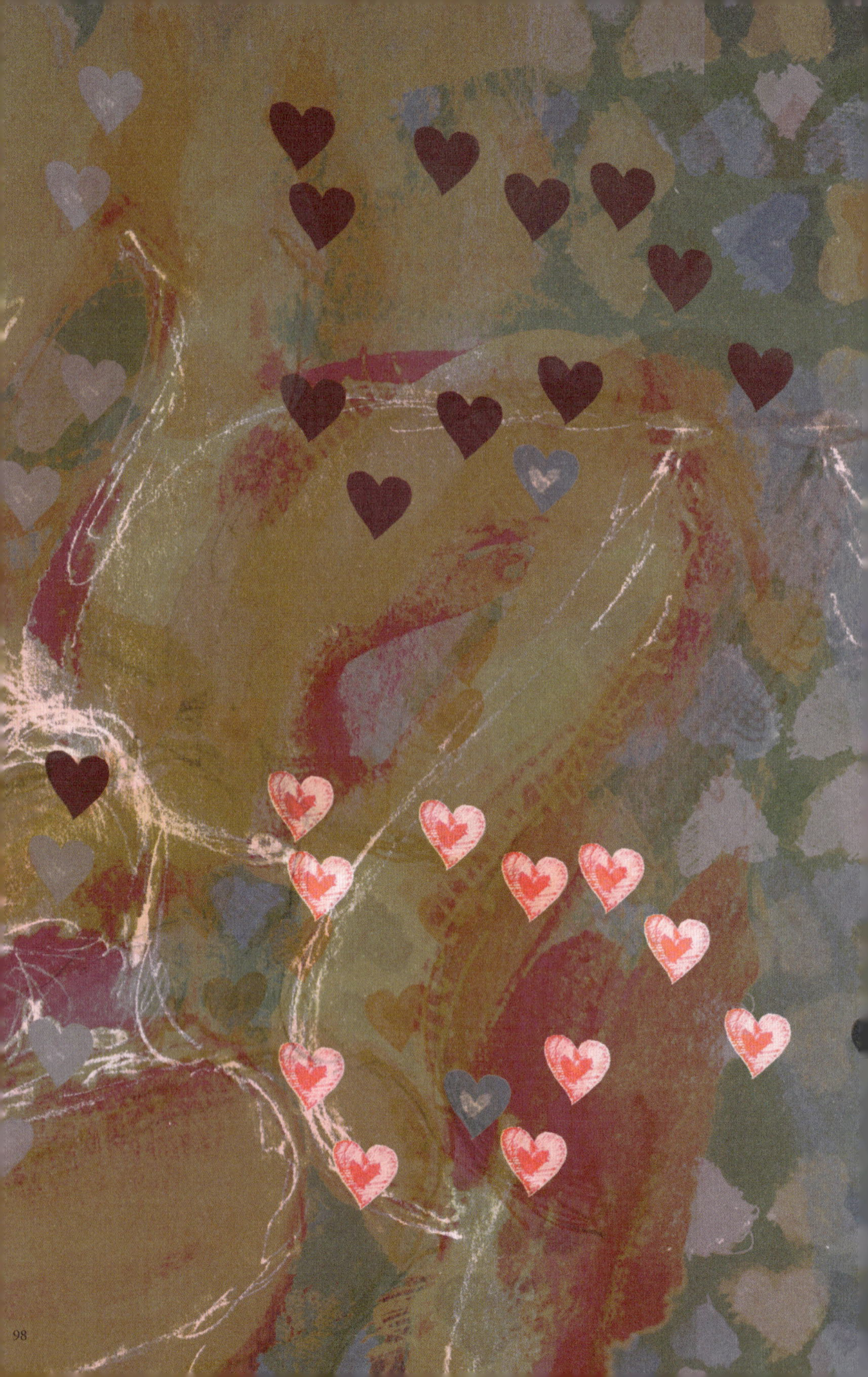

– É. Lembra? Outro dia você ficou me devendo alguma coisa pelo mate. Se eu trouxer outro, você fica me devendo **duas coisas**.
– *Fico devendo o quê?*
– *Isso.*

E, sem que Raíssa pudesse pensar, Marco lhe deu um beijo.
Não foi preciso falar mais nada.
E, lá no banquinho, Pedrito riu. Cutucou Sofia para mostrar o casal que estava se formando.

– *Caramba! Finalmente!*
– *É* – ela sorriu. – *Já não era...*

... sem tempo.

Aos poucos, o pequeno tumulto em torno de Natália foi se dissipando. Alguns foram dançar. Outros se reuniam em grupos para conversar pelos cantos do salão. E, quando menos esperava, ela se viu sozinha.

Respirou fundo, dando graças aos céus por aqueles minutinhos de paz. É claro que tinha adorado a recepção, o cuidado e a preocupação dos amigos. Mas estava ficando meio tonta com tanta gente falando ao mesmo tempo a seu redor.

Percebeu que, do lugar em que estava, pouco podia ver do que estava acontecendo na festa. Começou a sentir-se isolada. E, esquecendo todas as recomendações, fez menção de se levantar. Imediatamente Raí se postou a sua frente.

– *Aonde você pensa que vai?*

– *Tá muito chato aqui. E tá muito calor também. Você não tem ideia de como esse troço* – apontou o tornozelo enfaixado – *esquenta.*

– *E quer ir pra onde?*

– *Eu queria ir pra varanda* – olhou pra ele com olhar de pedinte. – *Me ajuda?*

Sem que ela esperasse, Raí pegou Natália no colo. Era alto, forte, atlético. Capaz de levantar uma menina, mesmo alta como Natália, com muita facilidade.

– *O desejo da rainha da festa é uma ordem pro príncipe aqui* – ele riu.

– *E qual será o pedágio que a rainha da festa terá que pagar ao príncipe?*

Natália resolveu entrar na brincadeira. Afinal, eram amigos havia tanto tempo... Raí parou no meio do caminho. Natália no colo. Parou de rir. Olhou sério para ela.

– *O príncipe quer que a rainha da festa seja sua namorada.*

Por essa Natália, realmente, não esperava. Raí???

– *Então?* – ele perguntou com uma cara de quem estava com medo da resposta. – *Nat, eu tava querendo dizer isso pra você havia muito tempo, mas não tinha coragem. Eu sei que a gente é muito amigo, então, se você não quiser, sem trau...*

Dessa vez, quem surpreendeu foi ela. Interrompeu Raí com um beijo.
E, sem falarem mais nada, Raí foi levando Natália...

... para a varanda.

Pedrito e Sofia levantaram do banco para que Raí pudesse colocar Natália sentada. Marco, ao ver a cena, foi correndo buscar uma cadeira para ela esticar a perna. Tudo ajeitado, Pedrito cutucou Marco e Raí.

– Eu vou pegar um refrigerante pras meninas. Vocês não querem me ajudar? Não tenho mão pra trazer pra todo mundo.

Era a deixa que as meninas precisavam.

– Então quer dizer que... – riu Sofia.
– Sabe que eu não sei? – Natália confessou. – Não falamos nada sobre os... – e meteu a mão no bolso – ... bilhetes!
– Não acredito que você ainda não leu, Nat! – Raíssa se assustou.
– Vamos ler agora?

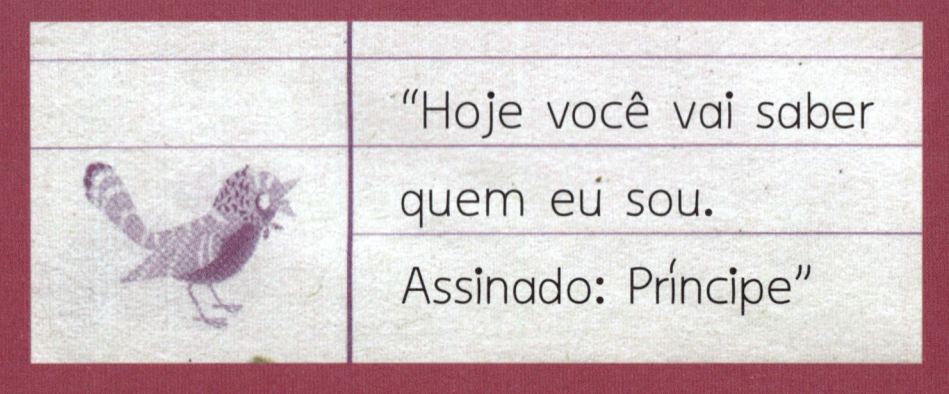

"Hoje você vai saber quem eu sou.
Assinado: Príncipe"

– Mas e o Rico? – Raíssa perguntou incrédula.

– O Rico tava ajudando o Raí – respondeu Sofia. – Pedrito me contou quando viu a Nat vindo no colo do Raí.
– Ele sabia? E não te disse nada? – Raíssa estava mais confusa ainda.
– Não. Ele só soube hoje, aqui na festa, quando ouviu o Raí dizendo pro Rico que, se a Nat não viesse, todo o plano dele iria por água abaixo.
– E você e o Marco, hein? – Nat quis saber. – Tava demorando.
– É... – Raíssa soltou um suspiro. – E sabem de uma coisa? Beijar não é tão difícil quanto eu pensava que fosse.
– Você nunca tinha beijado??? – Natália arregalou os olhos.
– Você achava que já? – Raíssa se espantou.
– Não vejo por que essa surpresa toda, Nat. Até eu, que acabei de chegar ao grupo, tinha percebido que a Raíssa é muito festeira, extrovertida, mas nunca ficava com ninguém.
– Você sabia e não disse nada? – Raíssa olhou para Sofia incrédula.
– Dizer o quê, Rá? Dizer o quê?

E a conversa foi interrompida pela chegada dos meninos.
E os seis ficaram praticamente a festa toda ali na varanda, enquanto lá dentro do salão...

... a festa estava animada.

Mas, como dizem, "o que é bom dura pouco", a festa também tinha hora para acabar. E, aos poucos, o pessoal foi se despedindo.

Do grupo, a primeira a ir embora foi Natália. Na hora marcada, seu pai chegou para buscá-la e Raí se ofereceu para levar a namorada no colo até o carro. É claro que, de quebra, ganhou uma carona para casa. Depois foi a vez de Sofia, que foi embora no carro dos pais de Pedrito.

Marco e Raíssa estavam conversando na varanda, quando viram Alba chegando.

– *Minha mãe!* – Raíssa se apavorou.
– *E daí? Ela não vinha buscar você?* – Marco estranhou.
– *É, mas...*
– *Mas o quê, Rá? Sua mãe não pode ver a gente junto? É isso? Você não quer que ela saiba que a gente tá namorando?*
– *Não é isso, Marco* – finalmente, Raíssa teve de se explicar. – *Minha mãe não pode nem imaginar que eu tô namorando. Ela vai encher a minha paciência, vai me deixar de castigo, sei lá mais o que ela vai fazer!*

– *Eu falo com ela, Rá! Dona Alba é superamiga da minha mãe.*
– *Eu sei. Mas não acho que isso vai ajudar. Sabe, desde que meu pai foi embora, ela é assim. Não se casou de novo, não...*
– *Ah! É isso?* – Marco interrompeu a namorada. – *Garanto que isso vai mudar.*

Raíssa não entendeu o que Marco quis dizer. E entendeu menos ainda ao perceber, enquanto a mãe se aproximava, que ela estava de mãos dadas com um homem.

– *Você conhece o irmão do Rogério?* – Marco apontou o casal vindo.
– *Do seu padrasto?*
– *É. Você não sabia? Eles se conheceram outro dia aqui no clube, na piscina. Marcaram até um churrasco lá em casa amanhã* – e parou de repente.
– *Amanhã? Na sua casa? Eu também?*
– *É mesmo, Rá! A gente mal começou a namorar e já vamos ter festinha em família* – e ficou rindo.

Era muito pra cabeça de Raíssa. Muitas novidades, muitas histórias acontecendo ao mesmo tempo. Sofia, Natália, ela mesma e agora até mesmo sua mãe! O que mais iria acontecer...

... naquela turma?

Certamente muita coisa ainda vai acontecer.
E muita coisa vai *desacontecer* também.
Mas... voltando ao começo desta história, agora você entende o que eu queria dizer sobre aquele ditado: "Quem vê cara, não vê coração"?
É que, naquela turma, como em qualquer outra turma, nem todas as caras deixavam transparecer todos "os desejos, as ansiedades, os medos, as incertezas, e muito mais".
"Afinal, quem não tem segredos guardados a sete chaves que atire a primeira pedra, não é mesmo?"

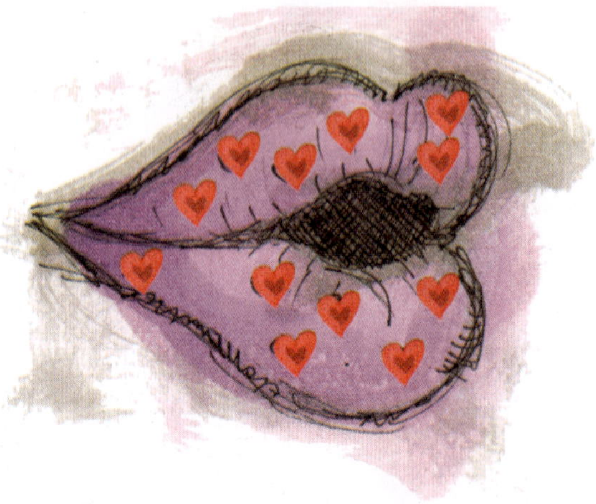